Jan Benedix

Beethovens Kater

Jan Benedix

Beethovens Kater

und andere Ungereimtheiten

Heitere Gedichte und Geschichten

Bibliografische Information der Deutschen Bibliothek

Die Deutsche Bibliothek verzeichnet diese Publikation in der Deutschen Natio-
nalbibliografie; detaillierte bibliografische Daten sind im Internet über
http://dnb.ddb.de abrufbar.

1. Auflage 2006

EINBANDILLUSTRATION:
Jan Benedix

EINBANDGESTALTUNG:
Doris Benesch, Benesch DTP
Elisabethstr. 52, 85716 Unterschleißheim
Tel. 089-3 10 11 42

DRUCKVORSTUFE:
Verlagsbüro Andrea Stangl,
Salzkottener Str. 56, 33106 Paderborn
Tel. 05251-8 78 46 33

HERSTELLUNG UND VERLAG:
Books on Demand GmbH, Norderstedt

ISBN 3-8334-4064-3

Inhaltsverzeichnis

GEDICHTE

Sag nur einmal ja,
und schon bin ich da!
Dann halte ich dich ganz doll fest,
so stark, wie es die Kraft zulässt.

Dann lass ich dich nie wieder los
und haue alle anderen um,
wenn sie dir zu nahe komm,
sind sie auch zwei Meter groß.

Und gehst du fort, dann sterbe ich.
Ist das nicht einfach fürchterlich?

Zwei Blumen

Zwei Blumen auf der Wiesen Mitte,
die Margarethe, Margarite,
die kleinere von beiden
hat Übles zu erleiden:

Er liebt mich, er liebt mich nicht ...
Die Holde rupft Blüten aus ihrem Gesicht.
Wenn sie ihren Prinzen kriegt,
das Glück ihr lacht –
was sie wohl mit *dem* erst macht?

Die schlafende Schöne

Neben mir in Kuscheldecken
liegt mein allerliebstes Schätzchen,
schnurrt so lieblich wie ein Kätzchen.
Leise! Ihr dürft sie nicht wecken.

Ihr Atem streicht mir übers Gesicht,
duftend wie der Frühlingswind,
auf dem Antlitz Mondenlicht;
doch die Süße manchmal spinnt
und im Schlafe leise spricht:

Oh, wie mag ich dich so,
murmelt sie. Träumt wohl von mir?,
leckt die Lippen und ist froh.
Und ein wenig ich dann frier,
als sie sagt: Ich dich verspeis –
mag dich am liebsten, Erdbeereis ...

Die seelenlose Schöne

Meine Schöne ist wie ich so alt
und schnurrt ganz sanft, lässt keinen kalt.
Ihr Herz schlägt heiß, doch eisern hart,
jedoch kann ich sie lenken zart.

Sie wartet vor 'nem roten Licht,
und wenn dieses dann erlischt,
kommt sie erst in Fahrt.
Ja, sie ist zwar käuflich,
doch einfach unvergleichlich.

Als Schmuck trägt sie 'nen Silberstern,
und muss ich eines noch erklärn:
Sie trinkt nicht goldenen Wein, die Maid,
sondern mag nur Super-verbleit ...

Das ist der starke Kräftequell
von ihr, der schönen Mercedes SL!

Der kleine Unterschied

Sagt mir neulich der Rudi:
»Guck mal, da ist Tom mit seiner Susi,
die knutschen, denken, sie seien allein,
dabei könnt sie glatt seine Mutter sein!

Die ist für ihn doch viel zu alt!«
Und er? Vor 'ner Woche, in Öl gemalt,
sah er Kaiserin Sissi und hat sich verliebt –
na, *das* nenn ich 'nen Altersunterschied!

Mensch, Modell 2.0

Adam schritt durchs Paradies,
war selig, glücklich, bis auf dies:
Herr, ich bin ja so alleine,
hab nur Freunde mit vier Beine!

Der Schöpfer dachte darauf weise:
Noch ein Mensch muss her!
Doch wie soll der sein und wer?
Mach ich wohl noch mal das Gleiche?

Einen Kumpel zum Fußballgucken,
Bölken, in der Gegend Rumspucken?
Nein, ich glaube, er braucht mehr,
dacht' und grübelte der Herr.

Am Reisbrett hing noch Adams Plan,
den sah der Herr sich noch mal an
und musste selber drüber lachen:
Na, das lässt sich besser machen!

Adam ist mir viel zu kantig,
besser sind Kurven, weich und samtig.
Und dann am Körper so viel Haare,
das ist auch nicht grad das Wahre.

Und dann spricht er auch so kratzig,
das war von mir reichlich patzig.
Das neue Wesen soll heller klingen,
ähnlich wie wenn Glocken singen!
Nahm dann noch weg ein kleines Teil
(nur mit der Hand, nicht mit dem Beil) ...

Er sprach: Ein neues Pronomen sei!
Nicht mehr »Er«, sondern »Sie«!
Zur sprachlichen Unterscheidung
Und einer Verwechslungs-Vermeidung
Der Herr dieses Wort ihr verlieh.

Nachdem er den Entwurf studiert,
hat er zufrieden konstruiert
»Mensch, Modell zwei punkt null« –
Das Ergebnis: *wonderful.*

Vor dieser wird Adam nicht erschrecken,
wenn ich sie ihm gleich vorstell.
Da kriegt er weiche Kniee, wetten?,
so ohne störend Bärenfell ...

Der Schöpfer fand sein Kunstwerk fein
und gab ihm Lebensodem ein.
Eva schlug die Augen auf –
und das Elend nahm seinen Lauf ...

Anstandsregeln

Erzähl mal was von deiner Oma!
Okay! Sie war 'ne alte Sau –
Ey, mach lieber mal ein Komma,
so spricht man nicht von einer Frau!

Über dein Deutsch kann man erblassen –
Weißt du denn nicht, was sich gehört?
Doch!
Wenn beim Reden niemand stört!
Musst mich zu Ende sprechen lassen ...

Unterbrechen verfälscht der Worte Sinn –
Sie war 'ne alte *Sau*erländerin!

Traumfabrik

Wie in *Casablanca*
sich in die Augen schauen

Wie in *König der Diebe*
sich mit den Feinden hauen

Die Liebe ist
im Kino
flimmernd schön wie
nie so ...

Wie in *Dirty Dancing*
tanzen, eng umschlungen

Wie in *Pretty Woman*
knutschen, ungezwungen

Nur vor einem hätt' ich Panik:
Titanic ...

Du hast 'ne tolle Figur,
sprach ich zu dir ehrlich.
Du wurdest ganz verlegen,
dachtest, ich begehr dich.

Du hast 'ne tolle Figur,
gar wie von Michelangelo,
in Stein gehauen virtuos.
Du kichertest errötend: Oh ...

Und hast mich freudig angesehn.
Du hast 'ne tolle Figur
da draußen im Garten stehn.
Wo hast du die gekauft denn nur?

Sucht

Hasch und Kokain,
Gras und Heroin

Exstasy und LSD
Haribo und weißer Schnee

können wenig nur verlocken
kannst du in die Tonne kloppen

Meine Droge, das sind Küsschen
und mein Dealer, das bist du
bin schon lange abhängig
brauch die Dinger immerzu

Man konsumiert sie meist oral
davon krieg ich nie genug
und bist du einmal nicht bei mir
winde ich mich im Entzug

Zusammen bis zum Ende
bitter bis zum letzten Schuss
irgendwann in achtzig Jahren
gibst du mir den letzten Kuss

Kennst du das Gefühl?

Sag, Mädchen,
kennst du das Gefühl,
wenn man verliebt ist?
Ja, das kennst du sicherlich.
Und kennst du das Gefühl,
wenn die sich dann 'nen anderen kriegt?
Nein, das kennst du sicher nicht.

Denn sonst machtest du für deinen Lieben,
diesen dämlich grinsenden Fratz,
einen Termin morgens um sieben
zum Anpassen von Zahnersatz!

Rebell des Waldes

Er ging durchs Feuer
für seine Liebe,
teilte aus und steckte ein
furchtbare Hiebe.

Machte nicht Halt vor Schwertern und Waffen,
fürchtete nicht Schmerz noch Tod,
um es endlich mal zu schaffen,
dass sie ihm ihre Lippen bot.

Sein Pfeil traf einen Galgenstrick
auf fast siebzig Meter.
Ein unendliches Geschick
im Bogenschießen bewies er.

Ich treff nicht mal ein Scheunentor,
und Schmerzen? – hab ich Angst davor.
Ich bin nicht der König der Diebe ...
Krieg ich trotzdem deine Liebe?

Liebesgrüße

Du schicktest mir 'ne SMS,
der Text, der war: *Ich liebe dich!*
Und piepte auf dem Handy.
Ich dachte: Nee, ich glaub dir nicht.

Da machtest du dir dann die Mühe
und schriebst mir einen Brief.
Ich hielt das Blatt in Händen bald,
der Text bewegte tief.

Ich liebe dich stand einsam da
auf dem Papier in zart rosé.
Es lag noch etwas Feines bei:
'ne Rosenblüte, weiß wie Schnee.

Die Schrift so schwungvoll,
sie sprach Bände,
die Sehnsucht führte
deine Hände.

Der ganze Umschlag roch nach dir.
Hast du gekost das Briefpapier,
bevor du ihn durchs Kläppchen warfst?
Auf Anwort du dich freuen darfst ...

Briefe gehören in den Kasten,
denn sie transportieren Wonne,
und Handys zu den Altlasten
zum Digitalschrott in die Tonne.

Wir stubsen uns die Näschen
und knabbern uns am Ohr,
wir machen kleine Späßchen
und kichern uns was vor.

Wir küssen uns die Backen
und kitzeln uns am Bauch,
wir kneten uns die Nacken
und unsre Füße auch.

Zerwuscheln uns die Haare
und nagen dran herum
wie an Spagettiware
und beißen uns reihum:

erst in den Arm, dann in den Po
und auch ins Schulterblatt.
Hach, wie ist das Leben schön,
wenn man ein' zum Knuddeln hat!

Prinzessin auf der Erbse

Ich wollt mal meine Liebste testen
und gab ein Märchen ihr zum Besten

Unter die Matratze
tat ich mit frecher Tatze
eine kleine Erbse
nur mal so zum Scherze ...

Sie schnarchte mit 'nem süßen Ton
ganz feste, keine Reaktion

Erst als ich probierte einen Kürbis
fand keinen Schlaf mehr meine Miss

Was soll Gemüse unterm Bett?
Ich finde sie auch so ganz nett

Wir liegen wach und könn' nicht schlafen,
sprechen Nummern aus mit Schafen.

Warum zähl'n wir nicht mal Küsschen,
beginnen bei eins, so wie man's macht,
und enden bei zweitausendacht?

Adlerschwingen

Ich habe keine Harley
Und erst recht keine Korvette
Aber das ist schon okay
Ich hab mein altes Moped

Doch würdest du mal mitfahren
Bei sonnig Wetter, Himmel, klarem
Hältst dich von hinten an mir fest
Dürft ich dich nach Hause bringen
Dann würden wir mit drei PS
Fliegen wie auf Adlerschwingen

Unser Lieblingslied

Wir sitzen schön am Mittagstische
Sie trägt weiße Sachen, frische
Ich haue auf die Flasche Ketchup
Die störrische, es macht nur »Flupp«

Und im Radio singt ganz nett
Auf Englisch einer »Lady in red«

Hässlich

Die Welt, in der wir müssen leben,
ist manchmal furchtbar hässlich,
und trotzdem – oder gar deswegen –
liebt sie der Schöpfer unermesslich.

So möchte ich es auch mit dir tun:
Wenn du zu mir mal hässlich warst,
dann liebe ich dich wieder schön.

Was tust du da mit schönem Mund
mir solche schlimmen Sachen kund?

Redest von
Morden, Horden, Kriegen,
und dafür soll ich dich noch lieben?

Wie soll denn das – ich kann's nicht fassen –
zu deinem holden Lächeln passen?

Warum bloß ist die Welt so rau?
Du kannst ja nichts dafür, du Frau
von der Tagesschau!

Wolllust

Du hast ein neues Hobby,
da findest du Vergnügung;
das Stricken macht dir Freude,
doch brauchst du noch mehr Übung.

Der Pullover ist ja viel zu groß!
Was soll das denn? XXXL?
So fett bin ich doch wirklich nicht –
wem soll das passen, dieses Fell?

Wir lösten dann das Stoffproblem
auf unsre eigne Weise.
Die Nachbarsfrau bekam 'nen Schreck,
schrie auf sogar ganz leise:
Sie hatte draußen an der Eck
ein doppelköpfig Tier gesehn!

Im Winter kalt, auch noch im tiefsten,
bin ich ganz nah bei meiner Liebsten.
Auch draußen gibt es Hautkontakt
mit XXL – die Sache klappt!

Eindringlinge

Letztens kreischtest du ganz laut
wegen der Spinne in deinem Bett:
Komm schnell herbei und nimm sie weg,
weil mir so vor denen graut!

Bäh, die hat ja Haare an den Beinen,
wie scheußlich, und das im Bett, in meinem!
Ich hab mir dann das Vieh gekrallt
und warf es aus dem Fensterspalt.

Später kam ich mal zu dir,
da war dein Bettchen schon besetzt
mit so einem grinsend Kerl,
da war dann ich wie du entsetzt.

Ich tat mit ihm das Gleiche
und auf dieselbe Weise:
durchs Fenster an die Luft gesetzt –

Was schaust du mich so komisch an?
An dem war'n haarig Beine dran!

Fachkompetenz

Es ging ein Mann zum Psychologen
und schilderte sein Phänomen:
Er müsse mit dem Bügeleisen
genussvoll über Fische gehen.

Es war 'ne Art von Zwangsneurose.
Was soll ich tun gegen den Spleen?
Der Doktor sagte: Weiß ich nicht.
(Das konnte man noch gut verstehn:
Für das, was kommt so selten vor,
da gibt es kein Rezept dafür!)

Da fragte ich den Psychowicht:
Was tut man gegen Liebeskummer?
Der Doktor sagte: Weiß ich nicht.

Das kann ich gut verstehn, mein Dummer,
dass deine Kunst den Kampf verlor –
das kommt ja auch sooo selten vor!

Zivildienst auf Lebenszeit

Du putzt mir meine Zähne
ich kämm dir deine Mähne
du wäschst mir lieb den Kopf
ich wind dir deinen Zopf

Du schnippelst mich am Bart
ich mal die Äuglein zart
denn der andre weiß am besten
wie man glänzt auf großen Festen

Die Party ist nur für uns zwei
und hier am Sommersonnenstrand
wir ham den Picknickkorb dabei
wie im Schlaraffenland

Du fütterst mich, ich fütter dich
mit Erdbeeren und Trauben
dann Pommes Majo nicht zu knapp
als wärn's gebratne Tauben

Wir kleckern, und genüsslich
wischst mir die Schnute ab
nur mit dem allerschönsten Lappen
mit deiner Zunge kann das klappen

Es glotzt uns an die Meute
was soll denn dieses sein?
Ist das nicht übertrieben?
Sind wir im Altersheim?
Bestimmt nicht, liebe Leute
das ist die Wolke sieben!

Ich creme dir den Rücken ein
lass ewig mich dein Zivi sein

Wunder der Meere

Es saß der alte Captain Hein
am Strand und schaute auf die Wellen,
und neben ihm, da hockte sein
Enkel, dem wollte er was vertellen:

Mein Jung, es gibt Dinge im Meer,
die ahnt sogar der Klügste nicht!
Es ist schon ziemlich lange her,
sprach er mit abwesend Gesicht.

Und der Enkel lauschte einer Geschichte,
die sonst kaum einer zu hören kriegte,
von Captain Hein; denn statt Applaus
da lachte man ihn meistens aus ...

Es war auf See im letzten Weltkrieg,
ich war noch ein ganz junger Spund,
grade Kapitän, fuhr Fracht für den Sieg –
und da, in einer Schrecksekund',

gab es einen großen Knall.
Das Schiff erbebte und ich fall
vom Stuhl, so stark war die Explosion –
ein Torpedovolltreffer, mein Sohn ...

Das Ding zerriss die Schiffswand,
wir ließen die Rettungsboote runter,
aber unser Kahn ging so schnell unter,
dass ein Teil von uns ertrank.

Der Captain geht zuletzt von Bord,
das war für Hein nicht nur ein Wort,
und so trieb er ohne Boot
und Schwimmerweste voller Not

in der aufgepeitschten See,
war sich klar, das ist das Ende,
fand es aber nicht okay,
hoffte noch auf eine Wende
und faltete die Hände.

Dann verließ ihn seine Macht;
das Letzte, was er bewusst dacht:
Ich will nicht sterben wie ein Hund,
hoffentlich kommt das Ende schnell;
sank hinunter in den blauen Schlund.
Die Sonnenstrahlen brachen sich hell
in dem weiten Wasserdome.
Das ist schon ein schrecklich Hohne,
in solcher Schönheit zu ertrinken ...
Da sah er vor sich jemand winken.

Der Captain wähnte sich nicht mehr ganz klar,
denn plötzlich war hier unten eine da,
die ihn eng umschlang;
damit er nicht ertrank,
bekam er einen Kuss
kurz vor Lebensschlus!
Sauerstoff blies sie ihm ein,
so köstlich und so rein ...

Dann schwanden ihm die Sinne,
im Ohr noch eine Stimme,
so ähnlich wie ein Walgesang,
nur viel süßer war der Klang.

An einem Strand kam er dann zu sich,
und über ihm die Frau, die glich
keiner anderen, die er kannte.
Ihr Haar schimmerte im Gegenlicht
Und als sie sah in sein Gesicht
und er lebte, sprang sie auf und rannte
voll Freude in die Wellen zurück,
verabschiedete sich mit einem Blick,
so sonnig und so elfenschön,
wie Hein es niemals hatt' gesehn ...

Hier endete die Erzählung vom Kapitän.
Er und sein Enkel sahen auf die weite See.
Sie wogte kraus und glitzerte golden,
die Möwen dem milden Winde folgten.
Der Alte sagte mit ein bisschen Weh:
Junge, da draußen gibt es Sachen,
da sollte man nicht drüber lachen:
Nur weil wir sie nicht ganz verstehn,
so können trotzdem sie geschehn!

The golden fiftees

Opa John erzählt die Geschichte,
wie er einst die Oma rumkriegte:
Er saß an der Bar bei der Musikbox
und trank seinen Whiskey on the rocks.

Denn Susann, seine Erwählte,
zu Hause die Kartoffeln schälte.
Sie war niedlich, doch ganz brav,
wie in einem Dornröschenschlaf,
beachtete ihn so gut wie nicht,
ging lieber zum Klavierunterricht.

Eines Tages, kurz entschlossen,
lieh Opa John sich einen großen
und superschicken Cadillac,
knallrot, kam damit um die Eck.

Mit Elvistolle, fett gegeelt,
er nach seiner Liebsten scheelt,
die gerade dort am Weg spaziert.
Die Weißwandreifen, gleich zu viert,
Kommen neben ihr zum Stehen
und sie kann den Jonny sehen,
lässig am Steuer mit Sonnenbrille
lädt er sie ein auf Sitze, schrille.

Hello Sugar, komm mit ein Stück,
ich fahre mit dir bis ins Glück,
ruft er hinaus mit cooler Lippe,
an welcher klebt 'ne halbe Kippe.

Hustet arg vom herben Kraut,
als sie erklärt, die süße Braut:
Mutti sagt, ich soll nicht steigen
in fremde Autos, kann's nicht leiden ...
Und verschwand im Sonnenschein
trotz dem Heckflossendesign.

Was nützt die schickste Karre,
wenn ich sie alleine fahre?
Hier, neben mir, da will ich sehen
den Pferdeschwanz im Fahrtwind wehen
von ihr, der schönen Susann,
ich bin doch ihr größter Fan.

Und im Frust passt er nicht auf,
fährt auf den Vordermann glatt drauf.
Es war ein Käfer mit Schlafaugen,
konnte nach dem Crash noch taugen
als bizarre Blechskulptur.
Der Cadillac noch immer fuhr,
Ein wenig litt die Politur ...

Doch durch den finanziellen Schaden
konnte John jetzt nur noch radeln
auf einem alten, rostig Rad
von Vaterland ein Fabrikat.

Da kam Susann grade daher
und sie musste lachen sehr:
Nicht aus Spott, sondern aus Spaß
sie ihm an die Schultern fasst';
und dann stieg sie hinten auf,
und die Fahrt nahm ihren Lauf.

Nun trampel feste, John!
Ich gerne mit dir komm!
Von Fahrrädern sagte Mutti nichts ...
Er tat's, im Schweiß des Angesichts.

Ich weiß nicht, was soll es bedeuten

Zur Zeit der großen Dichterfürsten
jagte er am liebsten Schürzen:
Nennen wir ihn Dichterprinz,
den jungen Heine, denn dann stimmt's ...

Egal ob blond, rot oder braun:
Der Heinrich liebte alle Fraun,
ein Filou mit spitzer Feder.
Es mochte ihn zwar längst nicht jeder
im schönen Preußenreich,
seiner hassgeliebten Heimat,
doch er wurde hier nur weich,
wenn ihn rollte das Wagenrad
durch das Tal des Mittelrhein;
er liebte es und seinen Wein.

Eines Tages fuhr er auf 'nem Kahn,
hatte schon leer die Pulle halb;
da glaubte er an einen Wahn,
hörte eine Stimme nahn ...

Oben auf dem Felsen erblickte
er eine Jungfrau, die sich frisierte
und das Auge sehr beglückte;
wie gebannt er auf sie stierte.

Sie sang eine gewaltige Melodei;
Heinrich konnte es nicht fassen,
dachte erst, ihm fehlen Tassen
in seinem Schranke – die Loreley!

Es gibt sie wirklich, die Fee aus der Sage!
Schnell ans Ufer, mir ist wohl im Sinne!
Stehenden Fußes ich es wage
und den Felsen rasch erklimme;
was für eine tolle Stimme!

Zitternd lag er im Gras auf dem Gipfel,
total erschöpft, doch vor sich den Zipfel
von 'nem fließenden Gewand,
wie aus Sonnenschein gewoben.
Er schaute vorsichtig nach oben
und da hat er sie erkannt,
die schönste Frau von allen Zeiten
(konnt' man wirklich nicht bestreiten!).

Sie war ein Wunder der Natur,
man kennt sie aus Gedichten nur ...
Schönen Tag auch, Heinrich Heine,
was machst du auf dem kalten Steine?
Brauchst doch gar nicht vor mir knien,
willst nicht lieber es vorziehn,
aufzustehen vor einer Dame?
Loreley, das ist mein Name ...

Er sprang auf und küsste die Hand,
und wie er dann so vor ihr stand,
sollte sein nächster Kuss sogleich
zielen auf den Mundbereich.

Die Fee ließ ihn jedoch nicht ran:
He, nicht drängeln, junger Mann!
Du kennst mich grade 'ne Minute
und kommst mir gleich mit feuchter Schnute?
So schnell schießen die Preußen nicht,
sagte sie keck ihm ins Gesicht.

Nun ja, das kannte der Stratege,
dass sich die Mädels anfang zieren;
doch Heinrich hatte seine Wege,
wie sie schnell die Scheu verlieren.

Und er zitierte ein Gedicht
von Märchen aus uralten Zeiten,
vom Schiffer handelte die Geschicht
und Kämmen, die durch Haare gleiten.

Oh wie hübsch, Herr Heinrich Heine,
Sie sind ein großer Dichter!
Darf ich dich *jetzt* küssen, Kleine?
Mit Augen voller Lichter?

Also, erst mal bin ich nicht klein,
sondern 'ne Fee von tausend Jahren,
und dann find ich es nicht fein,
wenn einer kann partout nicht warten.

Ich bin nicht so 'ne Müllerstochter,
eine von den hundertzwanzig,
die in deinen Armen wand sich
und sich Zuneigung erhoffte
vom Filou, das niemals treu war,
mit der Feder als Accessoir;
nachher blieb sie Singular!

Heine, gram ob dieser Predigt,
schrieb das Gedicht für sie zu Ende,
und er hats im Buch verewigt,
dass sie ihren Gesang verwende,
um arme Schiffer zu ersäufen!
Sich seitdem die Klagen häufen

unter den allmeisten Leuten:
Die Loreley sei keine Fee,
sondern eine böse Hexe –
dank Heinrich Heines Tintekleckse.
Ich glaub, das tat ihr mächtig weh.
Jetzt wisst ihr, was soll es bedeuten!

Russlandlied

Oh, du weites Land der Steppe,
unendlich, oft mit weißer Decke,
du wolltest deine Zaren nicht,
gingst mit ihnen ins Gericht.

Wolltest alle gleich sie machen
und auf Gehorsam überwachen.
Stürmtest zwar das Sternenzelt,
Doch unten, in der roten Welt,
hast du alle die bestraft,
die sagten etwas unbedarft.

Ist doch kein Wunder und ein Spott gar,
dass sich ersäufen im Wo-Wodka
deine armen Kinder!

Vieles könnt nicht sein kaputter,
Sei nicht so 'ne Rabenmutter!

Ein Lord auf Reisen

Es schritt Lord John durch Thailand
in Urlaub von seinem Eiland.
Es fiel ihm auf, dass die Einwohner viel
vertrieben sich die Zeit mit 'nem Spiel,
das Yenga hieß und hatte zum Ziel,
einen Turm zu bauen mit ruhiger Hand
mit Steinchen, bis er nicht mehr stand.
Der Spieler, bei dem hat's gekracht,
wird als Verlierer nett verlacht.

Der Lord flanierte durch die Straßen,
in seinem Brillenglas sich brachen
grelle, bunte Leuchtreklamen.
Und dann diese jungen Damen
standen hier an den Laternen,
konnten ihm den Sinn entfernen.

Lord John ging zu auf eine Süße,
eine schöne Lotusblüte.
Sie fragte ihn: Was wünscht der Herr?
Was treibt seinen Schritt hierher?
Freute sich dabei nicht sehr.
John fragte: Können Sie Yenga spielen?
Ich mein, das mit den Steinchen vielen?

Und in dem aufgesuchten Zimmer
baute man mit zartem Finger
kleine Türme aus hölzern Steinen.
Der Lord war ungeschickt mit seinen,
die Lotusblume war eine Meisterin
in diesem schönen Spiele drin.
Ein wenig unfair manchmal schon,
denn als erfolgreich legte John
den letzten Stein, da hat sie fies
gemogelt, nicht indem sie den Turm umblies,
sondern dem John zart übers Ohr –
er stürzte ein, und er verlor.

Dein Ex
Eine Tragödie

Du liebtest ihn ja einst so sehr,
hast ihn gestreichelt jeden Tag.
Er half dir, wenn du traurig warst,
war manchmal voll mit Zahnbelag,

so heftig hast du ihn geknuddelt,
im Kuscheleifer gar verstümmelt,
hast ihm ein Auge ausgerissen –
die Zeit wird er wohl nicht vergessen!

Heut bin *ich* das arme Opfer
in deinen Kuschelkissen.
Er sitzt nur traurig auf der Kante;
wird er dich wohl vermissen?

Du liebtest ihn ja einst so sehr,
deinen alten Teddybär ...

Epilog:

Ich glaub, wenn ich so fies wär
und würd mich dir entreißen,
verschwinden und nie wieder kommen,
ins weite Land verreisen,
dann wärest du wohl sehr beklommen
und holtest ihn dir wieder her –

Doch dann würd er dich beißen,
setzte mutig sich zur Wehr.
Sein Herz schlägt nur mit wollig Holz,
doch auch so'n Bär hat seinen Stolz!

Es stand der brave Herr Pastor
vor den Parfümfläschchen davor.
Hier, sagte die Verkäuferin,
dieser Duft ist *exzellent*
teuer, aber er macht Sinn,
weil er Frauen sehr enthemmt.

Hearts on fire
heißt die Emulsion.
Ach, au weia –
die Dame kriegt' ein rot Gesicht:
Verzeihung, ich erkannte nicht
Ihre Konfession ...

Der Duft verlieh ihm Charisma.
Vorauszusehen, der Eklat:
ein Kuss von Schwester Gloria!
Es spielte der Bolero
in excelsis Deo.

Werden Sie Bürokaufmann
ohne Lohnverzicht
oder auch ein Drucker, dann
werken Sie in Schicht!
Mit ernster Miene sah mich an
der Beamtenwicht.

Ihr seid doch alle nicht dicht!,
sagte ich in die Gesichter.
Ich weiß es besser, nicht?
Denn ich bin Dichter.

Männer

Männer müssen in allen Bereichen
zwanghaft ihre Kraft vergleichen:

Wer verträgt am meisten Bier?
Der ist dann das Leittier hier!
Wer hat die prallsten Muckis im Stamm?
Wer schlägt die meisten Schalker zusamm'?

Wer ist der Schnellste im Hundertmeter?
Wer erträgt Schmerzen ohne Gezeter?
Wer ist beim Fußball mehr auf Zack?
Wer haut Mike Tyson in den Sack?

Wer hat von uns das meiste Geld?
Wer ist der reichste Mann der Welt?
Wer fährt hier die schickste Karre?
Wer kommt an die größte Knarre?

Wer lenkt den Wagen wie einst Ben Hur?
Wer zieht aus dem Felsen Excalibur?
Wer trifft den Apfel beim ersten Mal?
Wer sichtet zuerst den weißen Wal?

Wer ist der Schönste unterm Himmelszelt?
Wer ist der größte Frauenheld?
Wer hat die schärfste Braut im Land?
Wer versenkt Nägel mit bloßer Hand?

Wer trägt die lässigste Kutte im Saal?
Wer ist auf dem Kopf nicht kahl?
Wer hat Abitur und ist ganz schlau?
Wem wird nach zwanzig Pils nicht flau?

Wessen Lack ist ohne Mängel?
Wer hat (an der Pumpe) den längsten Schwengel?
Wer lässt den lautesten Furz der Geschichte?
Wer schreibt die blödesten Gedichte?

Ja, so fragen, es spricht der Kenner,
nur Männer!

Rapper

Bei Musikern sieht man es oft,
dass sie so Mützen tragen,
sogar im Sommer und aus Wolle.
Was soll das?, könnt man fragen.

Heißt das: Hey, ich bin so cool,
ich bin so irre trendy?
Oder: Ich brauch die Hände frei
und klemm mir rein das Handy?

Einen Grund könnt ich noch nennen:
Sie sind zu faul, sich mal zu kämmen!
Mit Mütze hat man keinen Frust.
Hätt dieses Beethoven gewusst ...

Die Wilden

Mit hundertzwanzig durch den Ort
mehr donnern als wie schweben!
Man versteht vor Lärm kein Wort,
die Motoren beben –
Männer, das ist Leben!

Da nützt nicht viel der Fingerzeig
auf Kinder, nah am Bürgersteig.

Leute,
vielleicht ist es so,
vielleicht sind wir ja
born to be wild.

Aber ganz sicher
als Erstes einmal
das eine:
born to be child!

Urwaldlatein

Ich sage dir jetzt einmal was:
Ey, deine Augen sind echt krass,
Du lächelst mich dafür nett an.

Nur Opa, der ist wieder dran:
Kerl, Mensch, wie sprechen denn die Blagen?
Verflixt, die Urwaldsprache lass,
das kann man doch auch schöner sagen!

Der weiß ja nicht, dass *krass*
genau bedeutet das:
Im Urwald auf Urales Höhn
krassiwy – heißt auf russisch: *schön!*

Zeitreise

Goethe und der Heine
diese im Vereine
bei Morgenstern und Storm
da ist es konform
Heinz Erhardt und Kishon
nicht ganz so lange schon

Die ham den Griffel abgegeben
will sagen, dass sie nicht mehr leben
doch sprechen sie, als wär's grad jetzt
wenn wir in ihren Büchern lesen

Schlösser, Burgen, Pyramiden
alles Bauwerk wird zersetzt
nur das Wort, welches geschrieben
mit Rollen auf Papier gesetzt
gespeichert noch in Bit und Byte
das ist für die Ewigkeit

Wow, wie aufregend, enorm!
das will ich jetzt mal ausprobier'n

So ruf ich quer durch Zeit und Raum
auf dass ein jeder mich dort hört
hallo, liebe Urenkel
und hallo, Captain Kirk.

I live for you
I fight for you

So lässt's Brian Adams klingen
so möchte ich gerne auch mal singen

Yeah, baby, I will fight for you
wär ich nur nicht so feig vor you

Schieß doch! Schieß doch!
Sonst tu ich's!
Ah, was macht denn dieser Depp?
Na los, geh schon dazwischen,
tritt ihn in die Kiste!
Hau dem Kerl die Pinne weg!
Wie kann dir der entwischen?
Was pfeift die schwarze Sau den aus?
Verdammt, geh doch mal ran!

So schallt es aus dem Nachbarhaus.
Ruf ich die Polizei jetzt an?
Nee, die ham nur Fußball dran ...

Weiblicher Humor

Carl Valentin, Heinz Erhardt
und Peter Frankfeld
die meisten Komiker der Welt
das sind tatsächlich Männer
Ich meine diese eine Art
das Geschlecht mit Bart ...

Obwohl, man muss genau hinschauen:
Die besten Komiker sind Frauen

Da kommt so eine angeflattert
und zwinkert mir betörend zu
und schließlich bin ich ganz verdattert
als sie mich fragt: Ey, du ...

Draußen schneit es grad so schön
willst du mit mir spazieren gehen?
Nur wir zwei allein im Wald
komm, es ist doch Weihnacht bald
ich schenke dir was Feines

Und im weißen Wintertraum
darf ich in ihre Augen schaun
Schneeflocken auf dunklem Haar
und plötzlich gibt's ein lautes Knallen
so'n Jäger oder was

Sie ist ganz schön raffiniert
tut so, als würde sie erschrecken
und ist mir in den Arm gefallen
Steckt sie mit dem Jäger, dem Gecken
gar heimlich unter einer Decken?

Jedenfalls hat sie's geschafft
dass mit Beinen vieren
zusammen wir marschieren
und zwar auf Wolke sieben
und jetzt kommt die Wende
die Pointe am Ende

Mann, was habe ich gelacht
als sie nach dem Wandern
lächelnd geht zu einem andern

Nee, ehrlich! Der Witz war gut ...
Wo nimmst du das nur alles her?
Brüllend lachen wir im Chor
bekommen Atemnot
Das ist der weibliche Humor
ich lach mich noch mal tot.

Knapp vorbei ist auch daneben

Im Bus, da sah'n sich zwei,
die musterten sich scheu
und beide dachten: Ei ...

Sie dachte: Ach, wenn ich was sag,
dann brummt er mich nur blöde an,
und mir verdorben ist der Tag ...

Er dachte: Ach, wenn ich was mache,
denkt sie, ich quatsch sie blöde an,
und schlägt nach mir mit ihrer Tasche

Als sie dann am Halteort,
gingen beide grußlos fort –

Ein ganzes Leben voller Glück,
voll Liebe und voll süßer Last:
Bis dahin war es nur ein Stück.
Sie haben es verpasst.

Als ich einmal 'ne Flasche fand
da bin ich schnell zu dir gerannt
denn für dich, Frau am Kassenstand
du Süße, ist mein Herz entbrannt
und für die Flasche, die ich fand
zahlst du mir aus das Flaschenpfand
und streichst mir dabei, ganz charmant
beim Überreichen zart die Hand

Erstes Gebot des Humors

Die Lümmel grinsten:
Wo ist Frau Meier hin?
In die Psychiatrie? Hihi ...
Ist sie denn plemplem?

Lacht über Witze, die versauten,
lacht über die Politiker,
lacht über Mist, den andre bauten,
und Literaturkritiker;

lacht, wenn ihr's gar nicht lassen könnt,
auch über Religion,
lacht über Ketchup auf dem Hemd.
Lacht! Denn was macht das schon?

Und wenn mal gar nichts komisch ist,
klatscht euch 'ne Torte ins Gesicht!

Aber über eines,
da lacht niemals, sag ich euch!
Lacht niemals, sogar heimlich nicht,
über den, der traurig ist!

Juwelendiebe

Die Auster schreit nach Polizei:
Ein Taucher kam mit gierig Krallen!
Der Sack, der hat mich ausgeraubt!
Der hat mich schändlich überfallen!

Hat brutal mich aufgehebelt
mit so 'ner fiesen Stange,
hat mir mein Liebstes dann geklaut,
behütet hatt' ich's lange:

Meine Perle nahm er fort!
Hat sie dann gemein durchbohrt
und auf 'nen Faden aufgeschnürt,
zu all den anderen platziert,
damit er damit prahlen kann,
damit er scheint wie'n reicher Mann.

Die Auster ging zur Selbsthilfe,
zu einer Psychogruppe,
denn innerlich fühlt' sie sich leer;
das jammerte sie vor der Truppe.

Von dort kenn ich das Schalentier –
denn ganz genauso war's bei mir!

Transformation

Herr
mach doch mal aus Böse Gut
und mach zu Freude unsre Wut

Zu Liebe wandel um das Sehnen
nur unsre vielen dicken Tränen
die lass so, wie sie sind
häng nur was dran geschwind
nenn sie doch einfach *Freuden*tränen

Und lass uns auch den Hass
Mach einfach daraus *Spass*

GESCHICHTEN

Beethovens Kater

Wild donnerte Musik durch das Zimmer, kraftvolle Akkordfolgen schallten aus den Fenstern. Die Leute draußen horchten auf und flüsterten sich zu: »Das ist er! Da spielt er wieder ...«

Ludwig van Beethoven, der große Meister vom Rhein, ließ auf seinem Flügel die Straßen Wiens erzittern. Mit ernster Miene saß er vor dem Instrument und hämmerte die Noten ein. Oben auf der polierten Platte saß Fidelio, sein schwarz-weißer Kater, und genoss mit halb geschlossenen Augen, wie die heftigen Akkorde im Holz vibrierten und seine sensiblen Pfotenballen kitzelten.

Die Haushälterin rief zum Mittagessen. Beethoven ließ das Stück in einem gewaltigen Schlussakkord enden und ging in die Küche. Es gab Schnitzel mit Kartoffeln. Fidelio bekam auch ein Stück in sein Schälchen. Ja, es ließ sich aushalten im Hause Beethoven für einen Kater! Das Essen war pünktlich und für musikalische Unterhaltung wurde virtuos gesorgt. Er war natürlich selbst ein großer Musikliebhaber. Nachts traf er sich mit seinen Kollegen auf den Dächern der Stadt und musizierte selber leidenschaftlich. Doch so sehr er sich dabei auch von den Werken seines berühmten Herrchens inspirieren ließ, die Wiener Gesellschaft wollte ihn einfach nicht gebührend anerkennen.

Die Haushälterin öffnete den Vorratskasten, um Käse für den Nachtisch herauszuholen, da kam – husch – eine Maus hervorgeflitzt.

»Oh nein! Herr Beethoven, schauen Sie sich das an!«

»Fidelio!«, rief der Meister und deutete auf den Küchenschrank, hinter den das Tier geflüchtet war. »Da! Fang die Maus!«

Fidelio hatte schon geahnt, dass er so etwas sagen würde, und ging daran, hinter dem Schrank mit seinen Pfoten zu grapschen. Die Maus flitzte hervor und huschte durch die Tür in den Garten. Der Kater folgte ihr und holte sie rasch ein; schon zappelte der Nager zwischen seinen Pfoten. Triumphierend lief er in die Küche zurück und präsentierte knurrend die Maus in seinem Maul.

»Braver Fidelio!«, lobte die Haushälterin, und Beethoven meinte freundlich: »Dafür gibt es nachher einen Extrahappen!«

Der Kater ging wieder hinaus, um die Beute in Ruhe aufzufressen – so schien es. Im Garten ließ er sie ins Gras plumpsen.

»Beiß das nächste Mal nicht so fest zu, Kumpel!«, schimpfte Amadeus. So nannte sich der Mäuserich.

»Aber es muss doch echt aussehen«, meinte der Kater.

»Übertreib's nicht!«, piepste Amadeus und huschte davon. Aber da brauchte er sich gar keine Sorgen zu machen, denn Fidelio würde doch seinen besten Freund nicht fressen! Von drinnen erklang schon wieder ein temperamentvolles Presto aus des Meisters schmetternder Hand.

Eines Tages, Ludwig van Beethoven saß in seinem großen Ledersessel und studierte das Wiener Morgenblatt, sprang Fidelio von seinem Lieblingsplatz auf dem Klavier herunter, weil er Hunger hatte. Erst auf das Tastenmanual – »pling, pling, pling – plang« –, dann auf den Teppich.

»Siehst du, Ludwig, ich kann auch Musik machen«, dachte er so im Vorbeigehen, aber der Meister hatte die Klänge nur im Unterbewusstsein vernommen.

Es läutete an der Tür. Die Haushälterin war heute nicht da, und Beethoven in seinem Sessel hörte die Glocke nicht.

»Warum macht niemand auf?«, dachte Fidelio, der genau wusste, wer um diese Zeit vor der Tür stand. Er rannte zum Meister ins Wohnzimmer, fixierte ihn mit seinen dunklen Kulleraugen und sagte: »Maunz!«

»Mmh ...«, brummte Beethoven.

Zack, hatte ihm der Kater mit seinen scharfen Krallen einen Fetzen aus der Zeitung gerissen.

»Verdammt noch mal!«, wetterte der Meister, dass Fidelio den Kopf einzog. »Was willst du denn, du dummer Kater?«

Aber sofort entspannte sich sein wütender Gesichtsausdruck, als abermals die Türglocke läutete.

»Ach, *das* war es!«, lächelte Beethoven und entschuldigte sich mit einem raschen Köpfchentätscheln, ehe er zur Tür eilte.

Ja, der Meister war leider ein wenig schwerhörig und überhörte manchmal leise Geräusche, aber er hatte ja seinen lieben Fidelio, der ihm mit seinem Katzensupergehör zur Seite stand.

Eine feine junge Dame in eleganten Kleidern betrat das Zimmer.

»Da ist ja mein kleiner Fidelio«, trällerte sie und beugte sich hinunter, um den Kater zu streicheln. Es war das Fräulein Elise, dem Meister Beethoven nachmittags Klavierstunden gab.

Die beiden setzten sich an den Flügel, und auch Fidelio sprang an seine gewohnte Stelle dazu. Fräulein Elise schlug ein Notenheft auf und begann zu spielen. Im Inneren des Instrumentes saß die Maus Amadeus und beobachtete fasziniert die vielen Filzhämmer, wie sie in rasantem Tempo auf die Saiten schlugen. Hier im Flügel hatte er sein kleines Vorratslager, was aber zum Glück niemand wusste.

Immer, wenn die schöne Dame einen Fehler machte, maunzte Fidelio auf.

»Hahaha!«, lachte Beethoven. »Er hat mit der Zeit ein musikalisches Gehör entwickelt, ich werde langsam überflüssig!«

Fräulein Elise lachte mit. »Ist Ihnen schon aufgefallen, dass er genauso schwarz-weiß ist wie die Klaviertasten?«

Mit Fräulein Elise war es immer recht lustig, Fidelio mochte sie gut leiden.

Nach der Unterrichtsstunde setzte man sich noch zu einer Tasse Tee an den Tisch. Fidelio sprang vom Flügel herunter. Katzen haben die Angewohnheit, stets haargenau an derselben Stelle zu sitzen, wie sie es gewohnt sind, und so streifte er auch dieselben Tasten wie neulich: »Pling, pling, pling – plang!« Vier Pfoten – vier Töne.

»Ich hab's ja gesagt, er ist musikalisch!«, scherzte Meister Beethoven wieder. Fräulein Elise kicherte.

»Werden auch *Sie* die Menschen bald wieder mit einer Ihrer Sinfonien erfreuen, Meister Ludwig?«

Beethoven lächelte. Bisher waren es vier große Sinfonien, die aus seiner Feder über den Erdball gerauscht waren und ihn berühmt gemacht hatten.

»Wir werden sehen, verehrtes Fräulein«, sagte er.

Nach dem Tee nahm die Dame ihr hübsches Schirmchen, spannte es auf und verschwand draußen im Sonnenschein. Beethoven seufzte ihr hinterher.

Am nächsten Tag war das Wetter weniger schön; ein Gewitter zog über Wien hinweg. Der Wind brauste und es regnete. Meister Ludwig saß in der Stube über ein leeres Notenblatt gebeugt. Doch seine Muse hatte heute ihren faulen Tag, und ihm wollte nichts Rechtes einfallen. Um ehrlich zu sein, war ihm auch gar nicht danach, denn ihn quälte wieder einmal eine Mordswut. Seine Haushälterin hatte gekündigt. Sie hatte so etwas angedeutet wie, dass sie es mit seinen Launen nicht mehr aushalten könne. Was für Launen, verdammt? Was hatten die Leute bloß alle? Er wurde immer zorniger. Es donnerte draußen. Kater Fidelio fiel ein, dass in seinem Napf noch ein Stück Fisch lag, und sprang vom Klavier. »Pling, pling, pling – plang!«

Instinktiv schrieb der Meister die Noten auf.

Am Wochenende ging Graf von Heidenberg, einer von Beethovens Neidern, mit seiner Gattin am Haus des Virtuosen vorbei.

»Bamm, bamm, bamm – bamm!«, hörte man den Flügel tönen. Immer wieder: »Bamm, bamm, bamm – bamm!«

»Furchtbar«, sagte von Heidenberg. »Das nennt dieser Mann nun Musik! Der große Mozart muss sich ja im Grabe drehen! Ich habe es noch im Ohr, wie uns seine feinen Klänge verzaubert haben, doch dieser hier schlägt drein wie mit Zyklopenfäusten!«

Aber so war sie, die Musik des Ludwig van Beethoven. Kraftvoll und leidenschaftlich ging sie neue Wege in der Kunst. Der liebliche Zopf des Rokoko war ab, stattdessen bahnte sich die wilde Mähne des Beethoven donnernd den Weg in die Romantik.

Doch auch Meister Ludwig hatte nicht nur Zyklopenfäuste für sein Klavier übrig. In einer hellen, windstillen Vollmondnacht konnte er nicht schlafen. Ständig hatte er das holde Antlitz von Fräulein Elise vor sich und ihr bezauberndes Lächeln. Ihr blondes Haar war wie der Sonnenschein für ihn und ihre Augen so glanzvoll wie der helle Mond.

Kater Fidelio war draußen auf der Jagd; er schlich durch das hohe Gras unter den alten Linden, als überirdische Klänge die Nacht erfüllten. Beethoven spielte die Mondscheinsonate.

Bald war die neue Sinfonie vollendet. Entsprechend die Laune des Komponisten: Er lief draußen im Unwetter ohne Hut und Mantel herum, die Blitze zuckten, er lachte in den tosenden Wind und den peitschenden Regen hinein, er sang und taktierte mit den Händen wild in der Luft herum, als wollte er das Toben der Elemente dirigieren.

Amadeus, der Mäuserich, saß auf der Fensterbank und murmelte in die Barthaare: »Ich glaube, jetzt ist er übergeschnappt.«

»Kein Grund zur Sorge«, meinte Kater Fidelio, der neben ihm döste. »So benimmt er sich öfter.«

Die aristokratische Gesellschaft hatte sich im »Theater an der Wien« versammelt. Der prunkvolle Raum war mit Blumen geschmückt, die Damen und Herren nahmen auf den Stühlen und in den Logen Platz. Heute sollte die 5. Sinfonie in c-Moll und die 6. Pastorale von Ludwig van Beethoven uraufgeführt werden!

Fidelio streifte noch durch die Stadt, durch die Parkanlagen und über die Straßen, zwischen gefährlichen Kutschenrädern und stampfenden Pferdehufen, bis auch er am Theater eintraf. Unbemerkt huschte er hinein. Einige Herrschaften lachten amüsiert und deuteten auf den schwarz-weißen Kater, der durch die Sitzreihen lief. Aber Fidelio musste auf der Hut sein.

Vom Platzanweiser hätte er fast einen Tritt abgekriegt. Tiere waren nicht erlaubt! Aber dann hatte Fidelio eine unbesetzte Loge entdeckt, kletterte geschickt eine Säule hoch, riss dabei ein paar Blumen herunter und sprang hinein. Er machte es sich auf dem breiten Geländer bequem, von wo er alles exzellent überblicken konnte.

»He, rück ein Stück zur Seite, Kumpel!«, piepste plötzlich etwas. Es war Amadeus, der Mäuserich, der ebenfalls den gefährlichen Weg hierher gefunden hatte.

»Was machst du denn hier?«, fragte Fidelio.

»Ich will eben auch mal sehen, was der alte Brummbär zusammengedichtet hat. Außerdem interessiert mich Kultur im Allgemeinen. Habe ja selbst einen großen Namen ...«

Aus dem Orchestergraben ertönten die ersten Instrumente. Ein jämmerliches Wimmern, ein Quietschen ohne Sinn und Ordnung.

»Da siehst du es einmal!«, sagte Fidelio. »Das hört sich genauso an wie *meine* Konzerte auf den Dächern, aber nach *mir* werfen die feinen Herrschaften mit Pantoffeln.«

Er konnte ja nicht wissen, dass die Instrumente erst gestimmt werden mussten.

Da betrat der Meister das Podium. Im eleganten Frack, die Haarmähne mühsam gebändigt, machte er nicht schlecht Eindruck. Applaus erschallte. Der Künstler verbeugte sich und bezog hinter dem Dirigentenpult Position. Er hob die Arme, um für den ersten gewaltigen Takt auszuholen: »Da, da, da – daaah!«

Die Streicher und Trommeln legten los. Es war, als tobte ein Gewitter im Saal. Vorne der Meister, wild den Aufruhr der Elemente dirigierend. Eine solch gewaltvolle Musik hatte man in

Wien noch nicht vernommen. Und immer wieder das Grundthema: »Da, da, da – daaah!«

Kater Fidelio hob stolz den Kopf. »Daran hab *ich* mitkomponiert!«

In der Tat war das Geklimper, das Beethovens Haustier machte, wenn es vom Klavier sprang, der Ursprung dieses Themas gewesen.

Immer heftiger tobte der Sturm weiter. Die Klänge schienen im Äther widerzuhallen, hinaus in den Weltenraum, um dem Universum zu künden: »Auf Erden ist ein neues Kunstwerk geboren!«

In der Nebenloge saß Graf von Heidenberg und kochte vor Wut.

»Katzenmusik!«, rief er, aber es ging im Donner der Trommeln unter.

Hinter Fidelio und Amadeus ging plötzlich die Tür auf. Der Platzanweiser stand in der Loge.

»Da ist ja das Vieh!«, rief er und fuchtelte drohend mit einem Besenstiel. Aber Fidelio war schon durch die offene Tür ausgebüxt, die Maus hinterher. In den hinteren Räumen des Theaters begann eine wilde Jagd. Fidelio sprang auf Schränke und Gardinenstangen, den Platzanweiser mit seinem Besenstiel immer auf den Fersen.

»Ich krieg dich, du verdammter Lausepelz!«

So also dankte man es dem Kater, dass er ihnen ein Stück Weltkultur geschenkt hatte! Indem man den Künstler über die Möbel jagte, passend untermalt von seiner eigenen Musik!

Mit einemmal war der Kater arg in die Enge geraten. Nervös zuckte sein Köpfchen in alle Richtungen, auf der Suche nach einem Fluchtweg.

»Hehe, jetzt hab ich dich!«, lachte der Platzanweiser. Fidelio sprang von der Gardinenstange dem wütenden Manne direkt auf den Kopf und fauchte wild, ehe er dem Katzenjäger, der durch die ihm in die Augen gerutschte Perücke kurzzeitig erblindet war, wieder entkam. Eine kostbare Vase ging zu Bruch. Der Platzanweiser fluchte in nicht druckbaren Vokabeln.

Jetzt war Fidelio wieder im Zuschauerraum und huschte zwischen den Schnallenschuhen der Damen und Herren umher. Da roch er mit seiner feinen Katzennase zwischen all den aufdringlichen Parfüms den Duft von Fräulein Elise heraus, rannte hin und fand sie auf Platz Nr. 77.

»Fidelio!«, rief sie gedämpft, um das Konzert nicht zu stören, »was machst du denn hier?« Sie nahm ihn auf den Schoß. »Dein Schwanz ist ja ganz aufgeplustert! Wer hat dir etwas getan?«

Mit grimmiger Miene, den Besenstiel in der Hand, schritt der Platzanweiser durch den Gang, immer nach rechts und links schauend. Elise begriff schnell und deckte den Kater mit ihrem Kleid zu. Aber da war ja noch Amadeus, der Mäuserich. Der war nun völlig verwirrt und wusste nicht, wohin zwischen den vielen Füßen. Auf der Suche nach einem sicheren Plätzchen gelangte er auf die Bühne.

Ludwig van Beethoven dirigierte gerade das Allegro der Pastorale, als ihn auf seinem Notenblatt eine Maus frech anlachte. Unglaublich! Ungeziefer in einem von Europas führenden Musikhäusern! Spontan hieb er mit dem Taktstock nach dem Nager. Das Orchester reagierte heftig mit einem lauten Akkord. So stand es zwar nicht in den Noten, aber glücklicherweise passte es ganz gut.

Der wieder ins Publikum geflüchtete Amadeus hatte eine imposante Turmfrisur erspäht, welche er für das perfekte Versteck hielt. Die Inhaberin der Frisur, die Baronin von Häusch-Brockelberg, bemerkte zunächst ein befremdliches Wuseln auf ihrem Kopf. Schließlich krabbelte die Maus über die Stirn in den Sichtbereich der Dame, was eine enorme Reaktion zur Folge hatte: Das beschwingte Allegro wurde durchschrillt von hysterischem Kreischen. Die Baronin schlug wild um sich, traf dabei einige andere erlauchte Persönlichkeiten schmerzhaft ins Gesicht und fiel schließlich in Ohnmacht. Der Gatte der Unglücklichen fing sofort an, ihr mit dem Programmheft Luft zuzufächeln und hastig das enge Korsett aufzuschnüren.

Der Dirigent bemerkte hinter sich die Unruhe des Publikums und fragte sich etwas besorgt, ob dies nun Begeisterung oder Entsetzen war.

»Verdammt noch mal!«, rief jemand aus den hinteren Reihen. »Was ist denn das für ein Gezappel da vorne!? Man könnte ja glauben, es brennt ...«

Die Musik tönte dazwischen, und so hatte ein ängstlicher Herr weiter hinten bloß verstanden: » ...es brennt!«

»Wie, was? Es brennt?!« Er schnüffelte nervös herum. »Ja wirklich, ich kann es schon riechen! Es brennt! Feuer! Feuer!«, brüllte er immer wieder los.

Ruckzuck, war der Konzertsaal ein Hexenkessel.

»Rettet euch, Leute! Raus! Alle raus!«

Wild flogen die Violinen und Oboen umher, als die Panik das Orchester erreichte. Ein Musiker stampfte mühsamen Schrittes voran, den eingetretenen Kontrabass an seinem Fuß nicht loswerdend. Über und untereinander, schreiend und einander die Haarpracht vom Haupte reißend, stürzte die Wiener Aristokratie ins Freie. Auf der abendlichen Straße wunderte man sich sehr über den Tumult. »Um Himmels Willen! Steht Napoleon vor den Toren?«

Die Stadt Wien verfügte über eine ausgezeichnete und hochmoderne Feuerwehr. Mit bimmelnder Glocke raste der Wagen, von vier feurigen Hengsten gezogen, über das Pflaster.

Im Innern des Theaters stand Ludwig van Beethoven einsam auf dem Podium und starrte, den Taktstock noch in der Hand, fassungslos in den leeren Zuschauerraum. Wahrlich, er wusste ja, dass seine Musik nicht immer auf Begeisterung stieß, aber mit solchem Entsetzen der Leute hatte er nun wirklich nicht gerechnet!

Zwischen den leeren Stühlen tauchte auf einmal der Kopf von Fräulein Elise auf, die sich dort geduckt hatte. Sie fing an, begeistert in die Hände zu klatschen: »Bravo, Bravo!«

Kater Fidelio sprang auf die Bühne, maunzte und fuhr dem Meister um die Beine.

Jäh flog die Tür auf. Ein bärtiger Hüne stürzte mit einem langen Schlauch herein. Durch die Kraft von zwölf Feuerwehrmännern an der Pumpe schoss ein Wasserstrahl in den Raum und riss den erschrockenen Ludwig zu Boden. Bis man endlich kapierte, dass hier das Löschen überflüssig war, hatte man den Meister völlig durchnässt.

Da stand er nun, die stolze Mähne hing traurig herunter, die Notenblätter waren ruiniert, und fluchte und tobte, dass sein Gesicht rot anlief. Lachend kam Fräulein Elise auf die Bühne gesprungen, nahm den schimpfenden Kauz in die Arme und sagte: »Herr Beethoven! Was für eine wundervolle Sinfonie! Das wird Sie unsterblich machen! Ein Hoch auf Beethoven, den Mann, der seine Wut zur Kunstform erhoben hat!«

Und – schmatz – bekam er einen dicken Kuss. Des Durchnässten Stirn erhellte sich sofort.

»Sie hat mich geküsst!«, dachte er und strahlte über alles. »Sie hat mich geküsst!«

Die aufgebrachte Menge draußen hatte sich etwas beruhigt, als ein glücklicher Ludwig van Beethoven und eine junge blonde Dame mit einem Kater auf dem Arm das Gebäude verließen. Einige Herrschaften stutzten: »Es stimmt wohl, was man sich über den Mann erzählt. Fast brennt ihm die Bude unter dem Hintern weg, und er strahlt über alle Maßen. Völlig verrückt!«

Ludwig van Beethoven, seine Freundin Elise, Kater Fidelio und natürlich die Maus Amadeus haben zusammen noch viele aufregende Dinge erlebt.

Aber das ist ja schon fast zweihundert Jahre her ...

Völkerverständigung

oder

Der andere Jan

Wisst ihr, diese Vorurteile auf der Welt kotzen mich langsam an. Da ist es sage und schreibe sechzig (in Zahlen: 60) Jahre her, dass ganz Deutschland ausrastete, sich und die Welt peinigte und die menschliche Moral weit hinter das Mittelalter zurückwarf, was ja niemand bestreiten will. Aber das ist jetzt sechzig (in Zahlen: 60) Jahre her, ein Zeitraum, in dem ein ganzer Wald mit allem Drum und Dran wachsen könnte oder eine Uhr 1.892.160.000-mal tickt!

Aber wenn die Schlesier in Polen ihre alte Heimat besuchen wollen, werden sie dort von den Kindern mit Steinen beworfen. Und wenn du in Holland in eine Kneipe gehst, dann halt bloß das Maul, damit sie dir nicht auf dasselbe hauen! Glaubt ihr nicht? Ich werde es beweisen! Ich werde beweisen, wie intolerant und festgefahren die alle sind!

Versuchsanordnung: ein finsteres Sauflokal in Amsterdam und eine Tasche mit versteckter Kamera. Versuchskaninchen: ich.

Ich komme herein, die Luft ist voller Rauchschwaden, setze mich zwischen zwei hünenhafte, vierschrötige Gesellen und bringe die Tasche mit der laufenden Kamera in Position.

»Guten Tag!

»Guten Daag! Was soll's denn sein?«

»Ein Bier! Aber ein *deutsches* Bier, wenn Sie das haben ...«

»Womöglich kriege ich schon jetzt eins auf die Fresse«, denke ich. »Das wäre Klasse!«

»Natürlich haben wir deutsches Bier«, sagt der Wirt.

Er schüttet mir ein Veltins ein. Keine Reaktion. Also weiter im Text:

»Wisst ihr, deutsches Bier ist doch das einzig wahre Zeug. Gebraut nach deutschem Reinheitsgebot, das ist schon was. Der holländische Kram ist gut für die Pferdetränke!«

Der Vierschröter dreht sich langsam zu mir. Jetzt gibt's bestimmt Schläge!

»Recht hast du«, sagt er. »Dass das mal einer sagt! Ich trink auch nur deutsches ...«

Erst jetzt bemerke ich das Krombacher in seiner Hand. »Jan heiß ich. Und wo kommst du her?«

»Ich heiß auch Jan. Ich komme aus Westfalen im Herzen Deutschlands. Aus *Deutschland*, verstehst du?«

»Ja klar! Ein schönes Eckchen, war auch schon mal da ...«

Wieder nichts. Ich trinke mein Bier und starte den nächsten Versuch.

»Wisst ihr, in Deutschland kann man sich schon wohl fühlen. Das ist das Land der Dichter und Denker! Alle wichtigen Erfindungen kommen aus Deutschland: das Auto, die Druckerpresse, der Computer, die elektrische Nasenhaarschneidemaschine ...«

»Und sogar das Flugzeug«, fügt der andere Jan hinzu.

»Quatsch!«, mischt sich jetzt der Wirt ein, »das waren doch die Gebrüder Wright!«

»Ach! Und was ist mit Lilienthal?«, rufe ich gespielt empört. »Ohne den wären die doch keinen Meter geflogen! Noch ein Bier bitte!« Ich soff noch ein zweites und ein drittes.

»Das ist eben das deutsche Genie!«, töne ich. »Nehmen wir doch zum Beispiel mal den Goethe. Der größte Dichter aller Zeiten! Gegen den war dieser Schäkspier oder wie der heißt doch der reinste Analphabet. Ja, Selbstlob! Nur dem Neide stinkt's!«

»Boh«, sagt mein Kumpel. »Ehrlich! Ich war letztens in *Faust*, im Amsterdamer Kurtheater. War das eine Wortgewalt ...«

So will das einfach nichts werden mit dem Kloppekriegen. Ich muss noch fieser werden.

»Sag mal«, lädt mich der Holländer geradezu auf ein geeignetes Thema ein, »steht da in Westfalen nicht die Wewelsburg?«

»Na klar!«, sage ich. »Vom Stararchitekten Albert Speer persönlich umgebaut! Das Zentrum der Welt sozusagen! Quadratisch, arisch, gut!«

»Ich dachte, die wär' dreieckig, die Burg ...«

»Ist doch egal. Weißt du, wenn Hitler damals die Russen links liegen gelassen und sich voll auf die anderen Pappnasen konzentriert hätte, hätte der England im Spaziergang erobert, so wie Holland, Frankreich, Polen und so weiter ...«

Jetzt wird es langsam delikat. Aber anders sind diese Verbretterten ja nicht aus der Reserve zu locken.

»Kann ich mir gut vorstellen, dass er das geschafft hätte«, meint der Hüne seelenruhig.

»Allein die Technik der Deutschen war doch haushoch überlegen«, rede ich weiter. »Wie das Schlachtschiff *Bismarck* diesen englischen Pott, *Hugh* oder was, in fünf Minuten zu Lametta zerfetzt hat, ist doch sprichwörtlich für alles!«

Das vierte und das fünfte Bier folgten.

»Oder die V1! Dagegen waren die Waffen der Gegner doch die reinsten Vorderlader.« Und ich füge triumphierend hinzu: »Die Deuschen sind die schönsten, intelligentesten und damit zu Recht auch die wohlhabendsten Menschen auf dieser Welt!«

»Und was ist mit den Amerikanern?«, fragt der Mann, der mich längst vermöbelt haben sollte.

»Was soll mit denen sein? Meinst du diesen Käse mit dem Mondflug oder was? Hätten die alles nicht geschafft ohne den Braun und seine Rakete. Überhaupt sind alle großen Cracks in diesem Land deutschstämmig, der Rest sind dekadente, fette Holländer! Ist doch nur so zu erklären!«

Also, wenn er mir jetzt nicht eine reinhaut, weiß ich nicht mehr weiter! Die Kamera läuft und die Zuschauer wollen Blut sehen!

Ich bestelle ein sechstes Bier, welches meine Gehirnwindungen weiter verknotet und der Fiesheit die Krone aufsetzt.

»Stell dir mal vor, der Hitler mit seinen Düsenjägern hätte doch mit links New York bombardieren können!« Meine Hände formen sich zu krallenartigen Gebilden, meine Augen funkeln irre. »Das musst du dir einmal bildlich vorstellen, wie sie donnernd in die Tiefe stürzen, die Wolkenkratzer ... wie einst Sodom und Gomorrha!«

Ebenso ist das Niveau in die Tiefe gestürzt, ich kenne mich selbst nicht wieder. Jan der Hüne meint nur:

»Eben! Ich kann diese hässlichen Hochhäuser auch nicht leiden, das sind doch alles nur Phallussymbole. Aber andere als größenwahnsinnig bezeichnen ...«

Jetzt ist es so weit! Jetzt platzt mir der Kragen! Ich springe dem Holländer an denselben, funkelnde Pupillen starren ihn an:

»Ich bin Deutscher!«, schreie ich. »Ein verdammtes Nazi-Schwein! Ein Schlächter der Schwachen und Hilflosen! Verdrisch mich, verdammt noch mal!«

Jan klopft mir tröstend auf den Rücken.

»Aber da kannst du junger Spund doch nichts für, was deine Opas mal verbockt haben ... Außerdem hau ich doch keinen, der so heißt wie ich ...«

»Ich mach gleich 'nen fliegenden Holländer aus dir!«, krächze ich heiser. »Übrigens 'ne Oper von Wagner, dem größten aller Musiker und aller Zeiten, natürlich deutsch und des Führers Lieblingskomponist ... Lang lebe er in Walhall!«

»Kenn ich. Nicht übel ...«

»Schlag mich doch endlich, du blöder Käskopp!«, schluchze ich.

»Ach so bist du drauf«, grinst der Hüne. »Da hab ich einen Tipp für dich: die wilde Antje gleich hier um die Ecke!«

»Noch so'n bisschen, und ich bring dich um die Ecke, Windmühlenarsch! Sieg, Heil!«

In der Ausnüchterungszelle komme ich wieder zu mir. Jan und seine Frau kommen mit einem Präsentkorb voller Tulpen und Käse vorbei, wünschen mir freundlich gute Besserung und fragen mich, ob ich sie nicht mal zu Hause besuchen wolle.

Okay, ich gebe es zu: Irgendwie haben die Leute doch dazugelernt.

Der digitale Fatzke

In Familie Benedix' Fernsehschränkchen herrschte eine beschauliche Ruhe. Der Videorekorder döste vor sich hin und der TV-Apparat schlummerte zufrieden im Stand-by.

Da kam plötzlich der Jan ins Wohnzimmer und packte einen Karton aus. Die Glastürchen des Schränkchens gingen auf, und ein flaches, silbernes Gerät wurde unter den Receiver gestellt. Nachdem Strom und Kabel angeschlossen waren, erklang eine Stimme mit japanischem Akzent: »Hallo! Ich bin ein DVD-Player! Ich heiße Sony XY 200 und bringe Unterhaltung ins Haus.«

Der Videorekorder musterte seinen neuen Kollegen misstrauisch.

»Tag! Ich bin ein Videorekorder ...«

»Ach Gottchen«, sagte der DVD-Player, »eins von diesen analogen, völlig veralteten Museumsstücken.«

Der Videorekorder verkrampfte sich.

»Das ist ja wohl die Höhe! Ich habe vier Köpfe und Hifi-Sound, da muss ich mir so was nicht anhören!«

»Nimm's nicht tragisch, Kumpel«, meinte der Neue, »Ich habe eben die bessere Bildqualität! Ich bin digital.«

»Erst bist du das viel gepriesene Unterhaltungswunder, strahlst im Laden, und ruckzuck landest du ein paar Jahre später auf dem Sperrmüll oder Flohmarkt. Eine Kaffeemaschine müsste man sein, die veraltet nicht so schnell.«

»Bin gespannt, wann sie dich wegwerfen«, grinste der DVD-Player überheblich.

»Da wäre ich mir nicht so sicher«, sagte der Videorekorder. »Oder kannst du vielleicht das Fernsehprogramm aufzeichnen?«

»Ph! Wer will schon diesen Mist aufzeichnen? Ich zeige den Leuten nur die besten Filme in astreiner Qualität und in verschiedenen Sprachen ... Das kannst *du* nicht, Meister Bandsalat.«

»Ich habe noch nie Bandsalat gemacht!«, schrie der Videorekorder. »Und zumindest bin ich nicht so penibel und setze gleich bei jedem kleinen Kratzer aus, meine Kassetten halten was aus und sind auch nicht so teuer.«

In diesem Moment kam Vater Benedix ins Zimmer und unterbrach den Streit. Er ging an das Videoregal, überlegte einen Moment und zog dann eine Kassette heraus.

»Siehst du«, sagte er Videorekorder, »sie brauchen mich noch.«

Die Türchen gingen auf und Vater Benedix schob dem Gerät die Kassette ins Maul.

»Uh! Nicht schon wieder *Goldfisch an der Leine*! Wie oft hat er den schon geschaut?«

Rock Hudson fuhr mit seiner 60er-Jahre-Karre durch die Stadt.

»Argh! Was für ein Bild!«, lästerte der DVD-Player, »kannst du nicht ein bisschen schärfer?«

»Das liegt am Film, der ist alt«, murrte der Videorekorder.

Etwas später versuchte Rock Hudson sein Zelt aufzubauen. Vater Benedix lachte sich wie gewohnt schlapp.

»Hach, du röhrst aber auch mit deinem Laufwerk! Man versteht ja das eigene Wort nicht!«

Der Videorekorder wurde immer wütender. Auf dem Bildschirm versuchte Rock Hudson zu angeln, fiel ins Wasser –

Vater Benedix geierte –, lief vorm Bär weg und so weiter. Dann kam die Stelle, an der sich die zwei Hauptdarsteller zum ersten Mal küssen sollten. Die Kiefer kamen näher und näher ...

»Ih, was ist das für ein Flackern am oberen Bildrand?« Der DVD-Player hörte nicht auf zu lästern. »So was würde *ich* mir nie erlauben.«

»Schluss, aus, Ende!« Wütend schaltete sich das Videogerät ab. Zum Kuss kam es nicht. »Wenn der nicht die Klappe hält, dann streike ich!«

Vater Benedix starrte auf den schneienden Bildschirm.

»He, was ist los? Jan! Das Video ist kaputt!«

Alle möglichen Kabel wurden überprüft, an den Schaltern herumgedrückt, aber das Gerät blieb stumm.

»Tja, da müssen wir das Ding wohl zur Reparatur bringen«, sagte Vater Benedix.

Herr Kohtz war eine Kapazität auf seinem Gebiet. Fachkundig hörte er den Videorekorder mit dem Stethoskop ab. Er schraubte ihn auf, und nach einer Weile meinte er:

»Technisch ist das Gerät in Ordnung, ich kann keinen Fehler finden ... mmh ... aber ... Kann es sein, dass Sie sich einen DVD-Player dazugekauft haben, Herr Benedix?«

»Ja, haben wir, aber ...«

»Sehen Sie, das ist es! Der Videorekorder ist wahrscheinlich nur eifersüchtig, oder die zwei vertragen sich nicht. Diese DVD-Player sind ziemlich eingebildet, besonders die Markengeräte, wissen Sie?«

»Und was machen wir jetzt?«

»Ich komme einmal mit zu Ihnen nach Hause ...«

Im Wohnzimmer der Benedix setzte sich Herr Kohtz vor das Fernsehschränkchen. Bedrohlich fuchtelte er mit seinem Schraubenzieher herum.

»Höre, DVD-Player«, sagte er, »der Videorekorder ist genauso wichtig wie du! Und wenn du ihn wieder ärgerst, muss ich härtere Maßnahmen ergreifen! Ich habe hier ein paar DVDs mitgebracht ... *Batman ... Highlander II* ...

Der DVD-Player zuckte zusammen.

»Na, soll ich die mal abspielen?« Herr Kohtz drückte den Lade-auf-Knopf. Der Sony XY 200 rührte sich nicht.

»Ich kann die Lade auch mit dem Schraubenzieher aufhebeln«, drohte Herr Kohtz.

»Ach, und hier habe ich noch einen besonders schönen Film, *Showgirls* heißt er. Der ist so mies, dem haben sie in Hollywood eine goldene Himbeere verpasst!«

Das Display des DVD-Players fing ängstlich an zu flackern.

»Das reicht jetzt!«, flüsterte der Mechaniker den Benedix zu. »Ich glaub, er hat's kapiert!«.

Von da an war der DVD-Player immer anständig zum Videorekorder und akzeptierte ihn als gleichberechtigt. Dieser lief wieder hundertprozentig. Später wurden sie sogar richtige Kumpel. Vater Benedix schaute zufrieden seine alten Schoten, und die neueren Filme übernahm der DVD-Player.

Das Kapitalverbrechen

Es war ein wunderbarer Abend. Ich lag im Wohnzimmer auf dem Sofa, von draußen schien goldenes Sonnenlicht hinein, man hörte durchs Fenster die Nachtigallen singen. Es roch nach Blütenduft, leise schallte »Air« von Bach durch den Äther. Das sind so diese kleinen Momente, an denen die Welt in Ordnung ist.

Da hörte ich zwischen den Vogelstimmen einen Lautsprecher quäken: »Achtung, Achtung, hier spricht ...«

»Ach, der Blutspenderwagen«, dachte ich.

»... hier spricht die Polizei!«

»Oh!«

»Kommen Sie mit erhobenen Händen heraus, das Haus ist umstellt!«

Die Scheibe klirrte, und eine Rauchgranate flog ins Zimmer.

»Sind die jetzt völlig übergeschnappt?«, hustete ich und hörte die Haustür zerbersten. Wildes Getrampel, geharnischte grüne Männer stürzten herein, warfen mich brutal auf den Boden, durchsuchten meinen Körper an den unmöglichsten Stellen nach Schusswaffen, Handschellen klickten, Knarre an die Birne.

»Alles, was Sie von jetzt an sagen, kann bei Gericht gegen Sie verwendet werden ... *bla, bla, bla* ...«

Der Tag der Gerichtsverhandlung. Ich wurde aus dem Kellerverlies in einen großen Raum geführt, musste in Ketten vor einem etwa sieben Meter hohen Eichenpult stehen, auf dem der Richter thronte, dessen Gesicht von einer schwarzen Kapuze verhüllt war. Links und rechts hingen riesige Fahnen mit dem Microsoft-Logo von der Decke. Die Sitzung war eröffnet:

»Item Punkt eins«, erklang die schneidende Stimme des Staatsanwalts. »Der Angeklagte hat es gewagt, eine Raubkopie des Microsoft-Office auf seinem Computer zu installieren.«

Ich schluckte.

»Item Punkt zwei: Der Angeklagte hat die Frechheit, diese auch noch dafür zu benutzen, eine gemeine, verleumderische Geschichte gegen den Microsoft-Konzern zu verfassen!«

»Kezterei!«, schrie die Menge.

»Angeklagter, bekennen Sie sich schuldig?«

»Ja! Denn wer so doof ist, Microsoft-Produkte zu benutzen, gehört bestraft!«

Es war ja doch nichts mehr zu verlieren.

Die Geschworenen standen der Reihe nach auf:

»Schuldig!« – »Schuldig!« – »Schuldig!« (und so weiter)

Dann der Richter:

»Der Angeklagte ist schuldig im Sinne der Anklage! Ich verkünde hiermit das Urteil – Tod durch den Strang!«

Der Hammer rummste nieder.

Man wollte mich gerade in die Todeszelle abführen, als jemand rief:

»Einen Moment, meine Herren!«

Ein weißhaariger, perfekt gekämmter älterer Gentleman in hellem Anzug erhob sich aus der Menge.

Der Kapuzenrichter stöhnte. »Nicht der schon wieder ...«

»Mein Name ist Matlock! Ich werde diesen jungen Mann verteidigen!«

»Wenn's unbedingt sein muss ...«

Der Alte räusperte sich und legte los:

»Zunächst eine Frage an die Staatsanwaltschaft: Was kostet ein Original Microsoft Office Packet im Laden?«

»Lumpige zweihundert Euro!«, rief der Staatsanwalt. »Die Summe, für die dieser Judas seine Seele verkauft hat! Und Judas muss hängen!«

»Immer langsam!«, beschwichtigte Matlock. »Zweihundert Euro also ... Wie viel Geld hat Bill Gates, der Besitzer von Microsoft?«

»Einspruch!«, rief er Staatsanwalt. »Das steht hier nicht zur Debatte! Diebstahl ist Diebstahl!«

»Der Microsoft-Konzern erlitt also einen Verlust von zweihundert Euro«, fuhr der Alte fort.

»So ist es, und wenn das jeder machen würde, wären wir bald −«

»Ich frage noch einmal: Wie viel Geld hat Bill Gates?«

Ein Raunen ging durch die Menge.

»Ruhe im Saal!«, schimpfte der Richter energisch pochend. »Und Sie, Verteidiger, schweigen! Diese Frage ist unzulässig!«

Doch der Weißhaarige grinste siegesbewusst.

»Dann werde ich es Ihnen sagen! Ich habe es ausgerechnet: Stellen Sie sich einmal den Bau der Cheopspyramide in Ägypten vor ...«

»Was soll das denn jetzt?«

»Also, da sitzt der Architekt in seinem Bürozelt, draußen werden Steinblöcke geschleift, und hat Probleme mit seiner CAD-Anlage −«

»So ein Schwachsinn!«, rief der Staatsanwalt. »Im alten Ägypten gab es keine Computer!«

»Ach nein?«, meinte Matlock, »und wie haben die dann die hochkomplizierte Statik der Pyramiden berechnet?«

»Was weiß ich?«, keifte der Rechtswahrer und riss genervt die Hände zur Decke. »Mit so 'nem Abakus oder 'nem Rechenschieber aus Holz!«

»Und was ist fortschrittlicher?«, fragte der Alte weiter, »ein Rechenschieber oder ein Windows-Computer?«

»Was soll das, Mensch? Ein Computer natürlich!«

»So?«, grinste Matlock, »haben Sie schon mal 'nen Rechenschieber abstürzen sehen?«

»Ähm ... das ... äh ... mmh ...«

»Das hätten wir also geklärt. Also, noch einmal: Der Architekt hat Probleme mit seiner Anlage, greift zum Telefon und ruft die Hotline von Microsoft an. Er redet schnell, denn das Gespräch kostet mörderische 1,20 Euro pro Minute. Verärgert schmeißt er nach einer Stunde den Hörer auf die Gabel, denn der Typ am anderen Ende verstand so viel von Computern wie meine Oma.«

»Und was weiter?«, fragte der Staatsanwalt enerviert.

»Der Hörer liegt nicht richtig drauf, denn damals hat IBM noch Telefone gebaut, und der Tarif zählt weiter. Stunde um Stunde, Tag für Tag. Ein Sandsturm tobt und begräbt das Büro des Architekten unter sich. Die Pyramide wird fertig, mit einem goldenen Stein auf der Spitze gekrönt, und irgendwann kommt die Mumie von diesem Kerl rein. Die Jahrhunderte vergehen, Moses zankt sich mit dem Pharao, die sieben Plagen hausen, Mose kann abhauen, und so weiter. Das ägyptische Reich zerfällt, die Römer erobern die Welt, Jesus wird geboren. Rom geht unter, Völkerwanderung –«

»Ist schon klar, Herr Verteidiger, wir sind mit der Weltgeschichte vertraut.«

Matlock tat, als hätte er ihn nicht gehört.

»... Völkerwanderung, das Reich Karls des Großen entsteht, zerfällt wieder, noch'n paar Jahrhunderte, Kreuzzüge, Amerika wird entdeckt, Luther nagelt Zettel an die Tür, dreißigjähriger Krieg, Goethe, Schiller, Napoleon, das Industriezeitalter, erster Weltkrieg, zweiter Weltkrieg, Atombombe, Elvis Presley – «

»Ja, ja, ja! Machen Sie mal'n Punkt!«

»Okay, dann wären wir also in der Gegenwart gelandet. Ein Archäologe stößt beim Buddeln auf das Büro des Architekten der Cheopspyramide. Er sieht das Telefon, dessen Hörer nicht richtig aufgelegt wurde und immer noch mit dem Wuchertarif von Microsoft verbunden ist ...«

»Und was jetzt?«

»Die Telekom kauft eine kilometerlange Papierrolle aus der Tapetenfabrik, druckt darauf seine Telefonrechnung, verlädt das Ganze auf einen Schwertransporter, verschifft das Trumm nach Amerika zu Bill Gates, der dafür verantwortlich ist, weil sein scheiß Telefon geklemmt hat. Man knallt es dem Krösus auf den Mahagonischreibtisch, welcher unter dem Gewicht nicht nur zusammenbricht, sondern eine Etage tiefer steht ... Und wissen Sie, was dann passiert?«

»Nein, verdammt!«

»Bill Gates lächelt müde, denn nach Abbuchung des Betrages ist nicht mal ein Zehntel seines Vermögens dahin.«

Der Richter zog seine finstere Kapuze zurück, ein blasses Kauzgesicht mit Stupsnäschen kam hervor.

»Das haben Sie also ausgerechnet.«

»Jawohl, Euer Ehren!«, antwortete Matlock.

Die Ehrwürdigen des Gerichtes schauten sich fragend an.

»Und dann möchte ich Ihnen noch eine Geschichte erzählen«, sagte der Alte. »Bill Gates in Italien. Er geht in die beste

Eisdiele des Landes, sucht sich aus der Speisekarte den größten, den Megaturbo-Luxusbecher aus und sagt: 'Einmal die Runde, bitte!'

Der Verkäufer stutzt. 'Etwa für das ganze Lokal?'

'Nein', sagt Billi-boy. 'Für alle! Und wenn ich sage: alle, dann meine ich alle!'

Und es gibt Eis für alle Weißen und Schwarzen, für alle Gelben und Roten, für alle Menschen auf dem Erdenrund, und danach ist der Kerl immer noch steinreich!«

Im Gericht wurde es immer unruhiger.

»Ich hab noch 'ne Geschichte!«, strahlte Matlock.

»Verschonen Sie uns!«

»Nehmen wir an, es hat jemand eine Firma in Russland. Er benutzt ein Windows-System und infolgedessen rafft ein Virus alle wichtigen Geschäftsdaten ins Nirwana. Bill Gates sagt: 'Zur Wiedergutmachung bin ich jetzt dein Brötchengeber! Soll heißen, ich kaufe dir jeden Tag ein frisches Brötchen beim besten Bäcker von St. Petersburg.'«

»Sehr großzügig«, meinte der Richter.

»Kann man so sehen ... Und dann guten Appetit! Denn wissen Sie, wann das Geld alle sein wird?«

»Nein.«

»Niemals! Den Tag gibt es nicht!«

»Ach kommen Sie! Alles ist einmal zu Ende, auch das größte Vermögen.«

»Eben nicht, denn eines Tages kommt das Datum 5.000.000.000 nach Christus, und das ist definitiv der letzte aller Tage, denn dann explodiert die Sonne, und die Erde verglüht. Und die Brötchen in St. Petersburg verglühen mit, denn sie sind noch lange nicht alle.«

Der Richter kratzte sich unentschlossen am Kopf.

Matlock fasste zusammen:

»Der Mann könnte den Petersdom kaufen, die Statue des heiligen Petrus von den Zinnen werfen, um seine eigene aufzustellen, und dann das Gebäude zu einem gewaltigen Geldspeicher umbauen – es wäre noch zu klein. Wenn man Bill Gates zweihundert Euro klaut, ist das so, als wenn man von einem Hundert-Hektar-Kornfeld eines kanadischen Großbetriebes ein einziges Korn aus einer Ähre friemelt und mitnimmt. Mit der Knete von dem Kerl könnten eine Million Afrikaner dreihundert Jahre lang fürstlich speisen. Um all diese irren Zahlen auszurechnen, reicht der beste Taschenrechner nicht. Die einen sterben den langsamen Hungertod, während andere mehr Geld haben, als es Sterne in der Milchstraße gibt.«

Schweigen im Saal.

Der Hammer sauste erneut nieder, aber diesmal mit dem Knall einer Neujahrs-Freudenrakete.

»Freispruch!«

Ich wurde entfesselt und schüttelte Matlock erleichtert die Hand.

Es gab ein erneutes Verfahren, aber diesmal gegen Bill Gates – wegen schamloser Bereicherung an der Menschheit.

Ein russisches Wintermärchen
oder
Gekidnappt vom Weihnachtsmann

Tief verscheit in der Arktis, an einem Ort, den noch kein Polarforscher je aufgespürt hat, stand ein wunderschönes Schloss. In seinen Fluren und Hallen herrschte in der Adventszeit eifriges Treiben. Kleine Wichtel und Engel wuselten umher, die einen backten Plätzchen, die anderen zimmerten Schaukelpferde und Puppenhäuser.

Santa Claus, der Chef des Ladens, saß hinter seinem schweren Schreibtisch aus sibirischer Eiche und las die Wunschzettel.

»*Lieber Weihnachtsmann*«, schrieb ein deutscher Junge, »*ich wünsche mir einen Gamecube und ein Handy mit WAP-Funktion ...*«

»Hach ja«, dachte der Alte. »Vorbei die Zeiten, wo ich alles in Eigenproduktion herstellen konnte.«

Er wollte per E-Mail eine Bestellung nach Nintendo schicken, was natürlich wieder nicht funktionierte. Santa fluchte und ließ nach dem IT-Wichtel schicken. Der Bebrillte erschien, stellte sich auf den Bürostuhl und hackte emsig in der Kiste herum.

»Ist doch alles in Ordnung, Chef«, meinte er fachmännisch. »Sie haben nur wieder das falsche Ikon angeklickt.«

»Ikon«, lästerte Santa Claus. »Blöde Technik. Bin ich der Weihnachtsmann oder der Osterhase?«

Er rückte seine Brille zurecht und las den nächsten Brief.

»*Lieber Weihnachtsmann, ich wünsche mir einen Mercedes 500 SL Cabriolet ...*«

»Haha, ist klar, Junge«, dachte der Alte und bemerkte die Erwachsenenschrift. »Als *Modell* kannst du einen haben.«

Da fiel ein kleines Kärtchen aus dem Umschlag. Er hob es auf und las:

»Gegen Vorlage dieses Gutscheines (nur echt mit dem Santa-Claus-Wasserzeichen) verpflichten wir uns hiermit, das gewünschte Geschenk garantiert auszuliefern.«

Der Alte erschrak.

»Wer war das? Wer hatte diese Idee?«

Per Telefon rief er wütend in der Werbeabteilung an. Kurz darauf erschien der Prokuristen-Wichtel auf der Matte.

»Hör mal, hast du dir diesen Quatsch ausgedacht, Gucki?« Santa warf ihm den Schein hin.

»Ja, natürlich, Weihnachtsmann! Das ist eine Werbekampagne. Was glaubst du, wie viele neue Aufträge wir dadurch —«

»Bist du irrsinnig? Ist dir klar, dass ich dem jetzt einen Mercedes schenken muss? Mal abgesehen davon, dass der gar nicht in den Sack passt, ruinierst du mich auch noch!«

»Ach, keine Sorge. Erstens hab ich vorläufig nur knapp einhundert Stück von den Dingern in Umlauf gebracht, und dann steht da auch noch —«

»Und wenn sich im nächsten Brief jemand den Buckingham-Palast wünscht?«

»Lass mich doch ausreden ... Auf der Rückseite steht das Kleingedruckte.«

Der Alte holte die Lupe hervor und entzifferte:

»Der Wert des Geschenkes ist begrenzt auf eine Mill. US-Dollar.«

»Siehst du, Santa? Noch nicht einmal den Mercedes brauchen wir auszuliefern, weil –«

»Wieso? Ein Auto für eine Million hat nicht mal Boris Becker!«

»Was für 'ne Million? Da steht 'Mille' für *tausend*, Chef.«

»Mille? Sind wir jetzt unter die Lateiner gegangen, Gucki? Sofort erklärst du diesen Quatsch!«

»Nun ja, für das Kleingedruckte braucht man eben diese winzigen, kleinen Bleibuchstaben. Die sind andauernd weg, und da musste ich improvisieren, ohne Zahlen.«

»Bleibuchstaben?« Der Weihnachtsmann fasste sich an den Kopf. »Ihr habt die Dinger wohl nicht etwa mit der alten Gutenbergpresse gedruckt?«

»Ja, sicher. Der blöde Laserdrucker streikt doch dauernd. So 'ne Holzpresse ist für die Ewigkeit, der kann kein Virus der Welt was anhaben.«

»Virus?«

»Ja ... äh ... ich wollte mir letztens so 'nen tollen Bildschirmschoner von Britney Spears runterladen, und da –«

»Oh Mann, Gucki, das ist der digitale Weltuntergang!«

Angestrengt begab sich Santa Claus wieder über die Unterlagen.

»Dann *schreib* doch auf den Schein auch 'Mille', Kerl! Hier steht nur Mill-Punkt.«

»Ja ... hehe ... das 'e' war halt alle«, grinste der Wichtel kleinlaut.

»Gucki!«

»Okay, ich geb's ja zu, es war 'ne scheiß Idee.«

»Ich hoffe für dein Wohlsein, dass da nicht noch andere Überraschungen kommen.«

Beim nächsten Umschlag überprüfte der Alte sofort, ob keine Karte drin lag.

»*Lieber Weihnachtsmann, ich wünsche mir, dass meine Eltern sich endlich wieder vertragen* ... Ach, wie süß! Siehst du, das meine ich, Gucki. Stell dir vor, *da* läge so'n Garantieschein drin! Dann säh ich ganz schon alt aus.«

Er nahm den nächsten Brief.

»*Lieber Weihnachtsmann, ich wünsche mir ein kleines Geschwisterchen* ... Also, wieder so 'ne Sache. Was soll ich als Weihnachtsmann da machen? Höchstens 'n Buch schenken ... 'Das Wunder des Lebens' von Oskar Knolle ... Manche Dinge kann man eben nicht *garantieren*.«

»*Lieber Weihnachtsmann*«, hieß es im nächsten Brief. »*Ich wünsche mir ein Abendessen* ...«

Santa Claus seufzte.

»Ach, schon wieder so ein Kind aus Afrika ...«

»*... ein Abendessen mit meiner Lieblings-Tennisspielerin Anna Kournikova* ... Oh, Mann, *der* ist das schon wieder ... Na, für den hab ich wie immer was Feines aus der Parfümabteilung ... Schluck! Was ist denn das für ein kleiner Schein daneben? GUCKI!!!«

»Ja, Weihnachtsmann?«, keuchte der Kleine.

»Jetzt ist die Katastrophe da! Ich bring dich um! Los, such nach Präzedensfällen!«

Der Wichtel rannte ins Archiv und stöberte angestrengt in den vergilbten Akten unter P wie »Psychotische Wünsche erwachsener Kinder«.

»Mmh, *ein Date mit James Dean* ... wegen Trauerfalls aufgeschoben ... Mmh ... *Ich wünsch mir ein Kind von Mick Jagger* ... wegen Unsittsamkeit abgelehnt ... Ah, *da* ist was ... *Ich wünsch mir eine Verabredung mit Pamela Anderson* ...«

Der Wichtel nahm die Kladde hervor und rannte ins Chefbüro zurück.

»Ja, ich kann mich an den Fall erinnern«, grinste der Weihnachtsmann.

»Und was ham wir gemacht?«

»Ihm 'ne Tube Silikon geschenkt.«

»Hehe, jetzt ist wenigstens seine Dusche dicht. Aber so leicht wird es diesmal nicht, fürchte ich.«

»Abendessen mit der Kournikova ... Mensch, für wen hält der Kerl mich? Ich bin der Weihnachtsmann und nicht Jesus.«

Verbissen dachten die beiden nach. Krisenstimmung machte sich breit.

»Haben wir eigentlich Unterlagen von der?«, erkundigte sich der Weihnachtsmann schließlich.

»Nun ja, der letzte Briefkontakt war folgender ...« Gucki legte ein weiteres Blatt aus dem Archiv vor.

»Lieber Nikolaus! Ich heiße Anna und bin neun Jahre alt. Ich wünsche mir eine Schallplatte von den Beatles und einen kleinen Hund ... und mach bitte, dass es bei uns zu Hause nicht immer so kalt ist und was Besseres im Fernsehen läuft ...«

»Jaja«, erinnerte sich der Weihnachtsmann lächelnd. »Das war noch so eine Schote damals. Ich mit dem Rentierschlitten über Moskau – auf einmal diese MIG 23 neben mir ... Sollte mich identifizieren.«

»Warum bist du ihm nicht wie üblich davongeflogen? So 'ne lahme Überschallmaschine ist gegen unseren Schlitten doch –«

»Olaf hatte noch die Bandage am Huf.«

»Ach ...«

»Jedenfalls sag ich über Funk zurück, ich sei Santa Claus und möchte der kleinen Anna ihre Geschenke bringen ... Seit Michael Rust waren die Kerle doppelt vorsichtig, weißt du. Die

Zollbeamten durchleuchteten den Sack und meinten, der Hund sei in Ordnung, aber mit der Schallplatte käme ich hier nicht durch.«

Die zwei überlegten weiter.

»Wenn doch dieser blöde Garantieschein nicht wär, dann könnten wir ihn mit 'nem Tennisschläger abspeisen ... oder 'ner Barbie-Puppe.«

»Hey, wie wär's mit einer Doppelgängerin?«, meinte der Wichtel plötzlich.

»Genial, Gucki! Der Weihnachtsmann auf dem Niveau des Penthouse-Magazins ... Ein Santa Claus schwindelt niemals!«

»War ja nur 'n Vorschlag.«

»Also, was machen wir?«

In den Augen des kleinen Wichtels schimmerte etwas Verwegenes.

»Nein Gucki, das tu ich nicht. Wenn das die Presse erfährt! Ich hab einen Ruf zu verlieren!«

»Aber es gibt keine andere Möglichkeit.«

Drei Tage später in New York City. Eine blonde Tennisspielerin kramte in den ausladenden Schuhregalen der Winterkollektion. Im Hintergrund dudelten Weihnachtslieder, und das Kaufhaus Bloomingdail war herrlich mit Tannenbäumen geschmückt, in dem die Christbaumkugeln funkelten. Durch die Korridore wandelten verkleidete Studenten als Weihnachtsmänner umher, mitunter sah man sogar Liliputaner als Wichtel. In der Spielzeugabteilung hatte Anna einen Mann mit Rauschebart gesehen, der nahm die Kinder auf den Schoß und fragte sie nach ihren Wünschen. Das hatte Anna, als sie noch klein war, sich auch immer gewünscht. Aber der einzige Typ mit Rauschebart in den Kaufhäusern Moskaus hatte an der Wand gehangen und Karl Marx geheißen.

»Hihi«, dachte Anna. »Ich glaube ja nicht, dass dieser Student wirklich was dagegen hätte, wenn ich mich ihm auf den Schoß setzte. Wenn da nur nicht die blöden Fotografen wären.«

»Mist, sie hat 'nen Bodyguard dabei«, raunte Santa Claus Gucki zu.

»Pah, einen nur? Sei froh, dass es nicht diese Britney Spears ist. Die Frau hat 'ne Armee um sich, da würde der Papst neidisch ... Den Kerl übernehm ich!«

»Frohe Weihachten, Miss Kournikova ...«

»Frohe Weihnachten! Möchten Sie ein Autogramm?«

»Nein, danke ...«

»Was wollen Sie dann?«

»Also, ich bin Santa Claus und –«

»Ja, das sehe ich.«

»Nun, ich kenne da jemand, der wünscht sich unbedingt ein Abendessen mit Ihnen.«

Anna verdrehte die Augen.

»Ach, und derjenige sind Sie nicht *zufällig* selbst?«

Der Bodyguard bemerkte den Wichtel, der ihm gerade mal bis zum Knie reichte, gar nicht. Erst, als Gucki eine Leiter an ihn setzte und heraufkletterte, sah er ihm direkt ins dunkel bebrillte Gesicht.

»He, du!«

»Was ist?«

»Ich mach dich fertig!«

Der Kleine klaute dem Mann blitzschnell die Brille und pustete ihm eine Ladung superfeinen Sand ins Gesicht. Das Präparat hieß »Sweet Dreams« und stammte aus dem Chemielabor des Sandmännchens.

Anna ließ derweil ihren Standardspruch von der Platte leiern:

»Hören Sie, wenn ich mit jedem Fan, der mich fragt, essen gehen würde, dann wäre ich wahrscheinlich so dick und überfressen wie ein Nilpferd. Das könnte sich äußerst negativ aufs Tennisspielen auswirken. Wollen Sie das wirklich?«

»Machen Sie doch mal 'ne Ausnahme. Der Kerl nervt mich damit seit Jahren. Wie gesagt, ich bin der echte Weihnachtsmann und –«

»Na klar, und ich bin Anastasia, die verschollene Zarentochter.«

»Aber ich kann mich ausweisen.« Der Alte zog eine Art Dienstmarke hervor.

»Santa Claus, ernannt für die nächsten dreihundert Jahre ... Eden, im Dezember 1953 ... Unterschrift: Der Heilige Petrus.«

»Cool, wo haben Sie denn *den* Scherzartikel her?«

Wichtel Gucki stapfte herbei, staubte sich lässig die Hände ab von dem Riesen, den er gerade umgelegt hatte, und stellte sich mit verschränkten Armen schweigend neben seinen Boss. Mit der erbeuteten Sonnenbrille vom Bodyguard auf.

»Und wer ist das?«, kicherte Anna. »Ihr *Man in black*?«

»Der Himmel verzeih mir«, seufzte der Weihnachtsmann, pustete Anna das Präparat des Sandmännchens in die Augen und stülpte einen Sack über sie.

Das Geschenk geschultert, begab er sich zum Ausgang. Sein Schlitten parkte zwischen den Häuserschluchten. Er lud das Geschenk auf, schnalzte mit den Zügeln und flog davon. Im Slalom durch die Wolkenkratzer von New York verschwand das Gefährt am Abendhimmel.

Zu Hause im Nordpolschloss trug der Weihnachtsmann die schlafende Schöne vor sich durch den Eingang des Schlosses, als trüge er eine Braut über die Schwelle. Gerade jetzt musste der Heilige Petrus eine Werksinspektion durchführen. Er sah Anna, noch halb vom Sack bedeckt, und meinte erstaunt:

»Aber, Santa Claus, ist es jetzt schon so weit, dass du deine Weihnachtsengel zwangsrekrutieren musst?«

»Nein, das ist nur die Anna Kournikova.«

»Mmh ... Man hat mir schon erzählt von eurer Misere mit den Gutscheinen ... üble Sache.«

»Ja, so ein Typ wünscht sich ein Abendessen mit ihr.«

»Ach, diese armen Menschen; wo sie das Heil nicht überall suchen ...«

Am Weihnachtsabend, dem Tag der Auslieferung, schlief Anna immer noch tief und fest. Santa Claus nahm sie vorsichtig von seinem alten Barocksofa.

»Nun ja«, meinte er. »Dann haut sie uns wenigstens nicht die Bude kaputt. So 'ne Leistungssportlerin möchte ich nicht in Rage erleben.«

Gucki schlich sich gerade auf Zehenspitzen davon.

»He da, hier geblieben! Du kommst mit! Schließlich bist du schuld an allem!«

»Murr ...«

Der Schlitten des Weihnachtsmannes kreiste über dem Elternhaus des Tennisfans Tom Tucholsky. Durch den Kamin kam der Alte schon lange nicht mehr in die Stube, seit der üblen Erfahrung damals mit dem Ölbrenner. Wo war sie nur hin, die gute alte Zeit?

Er klingelte an der Tür. Ein kleines Mädchen machte auf.

»Hohoho! Von draus, vom Walde, komm ich her ...«

»Mama! Der Weihnachtsmann ist da!«

Mit schwerem Sack betraten er und Gucki das hell erleuchtete Wohnzimmer. Frank Sinatra sang »Stille Nacht«.

Die ganze Familie war um den duftenden Braten versammelt. Da saß auch Tom, der liebeskranke Tennisfan, und wunderte sich, warum Santa Claus ihn so vorwurfsvoll ansah.

»Machst du jetzt den Sack auf, Onkel Weihnachtsmann?«, drängelte seine kleine Nichte.

»Aber sicher ... So, schau mal!« Er zog eine kleine rosa Schachtel hervor.

»Oh, genau die hab ich mir gewünscht, 'ne Tennis-Barbie! Danke, Weihnachtsmann!«

»Zeig mal her«, meinte der Großvater. »He, Tom, die Puppe sieht aus wie diese Dings, die du immer im Fernsehen dran hast, diese Anne Krustscho–, diese Dings eben.«

Tom wurde verlegen. »Opa, verrat es doch nicht allen.«

»Mensch, Junge, deswegen braucht sich doch keiner –«

»Meinste vielleicht *die* hier?«, unterbrach ihn Santa Claus lahm und hob die schlafende Originalversion aus dem Sack.

Stille im Raum. Sogar Frank Sinatra verstummte. Tom fiel fast vom Stuhl.

»Frohe Weihnachten, Tom.«

Der Alte legte das Geschenk zwischen die anderen Pakete auf die Couch. Da lag sie, selig schlummernd unterm Tannenbaum.

Tom zupfte ihr prüfend am Pullover.

»Ist – ist die *echt?*«

»Ja, was denkst *du* denn, Junge? Ein Santa Claus schwindelt nie«, ergriff Wichtel Gucki empört das Wort.

»Jetzt sag nicht, du hast dir die zu Weihnachten gewünscht«, stöhnte die Mutter und grub sich die Finger in die Augen. »Was hab ich bloß falsch gemacht bei der Erziehung?«

»Ha!«, meinte der Großvater, »sei lieber froh, dass er sich nicht Boris Becker gewünscht hat, *da* würd ich mir Sorgen machen.«

Tom hatte seinen Kournikova-Sportkalender geholt und verglich. Tatsache – das war sie!

»Sag, mal, Santa, warum pennt die immer noch?«, flüsterte Gucki nervös zu seinem Boss.

»Keine Ahnung ... ich ruf mal den Experten ... Kann ich bitte ihr Telefon benutzen, Frau Tucholsky?«

Die Nummer umfasste über siebzig Ziffern.

»Hallo, Sandmann? Ja, pass auf, ich hab hier ... *blabla* ... ja? ... Oh! ... Wieso? ... Nein? ... Ach, du Scheiße ...«

»Papa, der Weihnachtsmann hat *Scheiße* gesagt ...«

»Aber nein, das war nur ein Wort mit skandinavischem Akzent.«

»Gucki, schau noch mal nach, ob auf der Sandpackung wirklich *Sweet Dreams* stand!«

Der Wichtel zog das Tütchen hervor und las mühsam die winzige Aufschrift. »Wie heißt das? Do-Dornröschenschlaf?«

»Das hatte ich befürchtet – des Sandmännchens härteste Keule.«

»Na also, *essen* kann sie in dem Zustand nicht«, bemerkte Tom, auf die sanft schnarchende Anna schauend.

»Macht nichts! Frauen, die den Mund halten, sind sowieso die besten.«

»Opa! Halt wenigstens zu Weihnachten deine Klappe«, schimpfte die Mutter.

»Was tun wir jetzt, Weihnachtsmann?«

»Nun ja, der Sandmann meinte, ähm ... jemand muss sie wach küssen.«

Wieder Schweigen im Raum. Tom wurde rot.

»Also, wenn *du* nicht willst, Junge ...«, sagte der Großvater aufgeregt.

»Nix da, das ist *mein* Geschenk, Opa.«

Tom näherte sich der schlafenden Tennisprinzessin. Er konnte schon ihren sanften Atem spüren ...

»Na, was ist?«

»Ich kann das nicht, wenn ihr alle so drumrum steht und glotzt.«

»Okay, wir gehen ja schon.«

»Aber du küsst sie nur *ganz* kurz«, mahnte die Mutter.

»Und mach hin, der Braten wird kalt.«

Im Lichterglanz des Weihnachtsbaumes passierte es dann. Tom putzte sich nie wieder die Zähne ...

»He, Anna, wach auf!« Papa Kournikova schüttelte seine Tochter wach. »Der Braten wird kalt.«

Sie öffnete blinzelnd die Augen.

»Oh ... War ich eingenickt, Papa?«

»Eingenickt ist gut«, lächelte er. »Hast geschlafen wie ein Dornröschen ... Musst nicht so viel trainieren, Anuschka, es ist doch Weihnachten.«

»Aber ich will mal Weltranglisten-Erste werden!«, lachte sie.

»Haha, dann wünsch es dir doch einfach vom Weihnachtsmann.«

Von Amazonenhand geschleudert bekam Papa Kournikova ein Sofakissen ins Gesicht.

»Ni-gawarí tschusch! *Red doch keinen Quatsch!* Der Weihnachtsmann ist eine Erfindung von opiumsüchtigen Kapitalisten! Den braucht kein Mensch, schon gar nicht ich!«

»Natürlich, hehe ... versteh mich nicht falsch.« Papa Kournikova hielt sich schützend einen Zettel vors Gesicht. »Ich sage das doch auch nur, weil ich eben diesen komischen Garantieschein im Papierkorb gefunden habe ...«